SPAN
FIC
MOR

La vida de las paredes

**BLUE ISLAND
PUBLIC LIBRARY**

Sara Morante
La vida de las paredes

Lumen

narrativa

El papel utilizado para la impresión de este libro ha sido fabricado a partir de madera procedente de bosques y plantaciones gestionadas con los más altos estándares ambientales, garantizando una explotación de los recursos sostenible con el medio ambiente y beneficiosa para las personas. Por este motivo, Greenpeace acredita que este libro cumple los requisitos ambientales y sociales necesarios para ser considerado un libro «amigo de los bosques». El proyecto «Libros amigos de los bosques» promueve la conservación y el uso sostenible de los bosques, en especial de los Bosques Primarios, los últimos bosques vírgenes del planeta.

Primera edición: mayo de 2015

© 2015, Sara Fernández Morante, por el texto y las ilustraciones
© 2015, de la presente edición en castellano para todo el mundo:
Penguin Random House Grupo Editorial, S.A.U.
Travessera de Gràcia, 47-49. 08021 Barcelona

Penguin Random House Grupo Editorial apoya la protección del *copyright*.
El *copyright* estimula la creatividad, defiende la diversidad en el ámbito de las ideas y el conocimiento, promueve la libre expresión y favorece una cultura viva. Gracias por comprar una edición autorizada de este libro y por respetar las leyes del *copyright* al no reproducir, escanear ni distribuir ninguna parte de esta obra por ningún medio sin permiso. Al hacerlo está respaldando a los autores y permitiendo que PRHGE continúe publicando libros para todos los lectores.
Diríjase a CEDRO (Centro Español de Derechos Reprográficos, http://www.cedro.org) si necesita fotocopiar o escanear algún fragmento de esta obra.

Printed in Spain – Impreso en España

ISBN: 978-84-264-0198-4
Depósito legal: B-9.091-2015

Compuesto en M. I. maqueta, S.C.P.
Impreso en Futurgrafic
Molins de Rei (Barcelona)

H 4 0 1 9 8 4

Penguin
Random House
Grupo Editorial

*Dedicado a mi abuela Aurora, que me enseñó
a bordar bodoques y a curar las penas con caldo.*

Introducción

Cuentan que en la calle Argumosa había una casa donde ahora hay un gran banco y una cafetería. Aquel edificio se levantaba por encima de tejados y chimeneas y estaba custodiado por cuatro gárgolas de piedra, una en cada esquina del tejado, con cuerpo de gato, rabo de demonio y cabeza de mono. Un olmo gigantesco lo protegía del sol en verano, y en invierno sus ramas huesudas proyectaban raras sombras chinescas sobre la fachada.

El portal era famoso por conservar intactas sus dimensiones originales, cuando era una caballeriza y sus altísimos techos de mármol permitían el paso de carruajes tirados por caballos hasta el portón de la entrada de hierro forjado, que se abría ante las sinuosas escaleras. Desde allí uno podía mirar hacia el techo y contemplar ensimismado la gran vidriera emplomada, un óvalo de cuatro por tres metros que albergaba a una mujer en plena danza. Años después de que la propietaria falleciera y el inmueble pasase a otras manos, se pudo restaurar el cristal y recuperar su luz, pero ya lejos de aquel caserón.

Piedra a piedra se fue despiezando aquel portal antes de su demolición. De la subasta de las gárgolas sólo quedó registrado el precio de salida de dos de ellas, pero no hay información sobre su venta. Se deduce que fueron incluidas en el lote del solar, pues hoy se las puede ver erguidas en lo alto del nuevo edificio donde antes estuviera el número 16 de la calle Argumosa.

Dramatis personae

Primer piso
Berta Noriega

Berta Noriega era la propietaria del edificio. Su apartamento ocupaba todo el primer piso y era el más grande y mejor iluminado. Dicen que su abuelo había sido propietario de toda la manzana, pero que los traspiés financieros y las locas timbas de mus le obligaron a desprenderse, una a una, de casi todas sus propiedades, excepto del número 16 de la calle Argumosa, donde ahora vivía su nieta.

Berta no se había casado; no había sentido deseos ni obligación alguna de hacerlo. De hecho, desde muy joven había mostrado un absoluto desinterés por los hombres, a los que, sin embargo, encontraba divertidos, despreocupados y audaces. Envidiaba esas tres condiciones, pero al mismo tiempo adoraba cumplir sus deberes de señorita y sacar partido de ellos. En su juventud organizó muchas tardes de cafés y sesiones de música en su casa, a las que acudían mujeres jóvenes y no tan jóvenes, madres, hijas, esposas, solteras y prometidas que eran el motivo de sus desvelos, de sus suspiros y de algún que otro rumor que nunca llegaba a escándalo.

A pesar de haber nacido entre algodones no tenía doncella. Sólo contaba con la ayuda de Carmen, la portera del edificio, para los quehaceres domésticos que más antipáticos le resultaban. Tampoco tenía animales de compañía, en su lugar poseía un piano desafinado que, sin embargo, lucía sus pésimas interpretaciones, incluso las piezas de Liszt a las que más torpemente hacía honor.

Segundo piso, mano derecha
Los López

La historia del matrimonio López-Valero había comenzado como lo hacían la mayoría en aquella época. La madre de Luisa y la madre de Roberto habían planeado el porvenir de los dos jóvenes mucho antes de que éstos se conocieran. Cada una de ellas había hecho su elección por diferentes razones; la una, embelesada por el sonido y la contundencia de la unión de los apellidos López-Valero. La otra no dejaba de pensar en lo que la alianza «Valero y López» podría significar para sus negocios y, en definitiva, para el crecimiento del patrimonio familiar. La historia de siempre, no era nada fuera de lo normal.

La pareja se dejó llevar por las alcahuetas y aceptó los planes de unión de las dos familias, ella con agrado y él con resignación. Roberto había tenido algún sueño paralelo al destino que su madre había previsto para él: había estado muy enamorado de una joven, pero el muchacho tuvo que romper esa relación por orden de sus progenitores y, obediente, contrajo matrimonio con Luisa. Sin embargo, la boda no apagó los sentimientos que tenía por aquella otra mujer, si bien el destino de cada uno tomó rumbos opuestos, aunque muy cercanos. Después de la boda, los viajes, las fiestas y las largas noches, llegaron los sonajeros y las nanas susurradas en la oscuridad, que eran la excusa perfecta para no ir de viaje, ni a fiestas, ni a ninguna de las reuniones de otra clase que terminaban de madrugada, aunque los invitados fueran sólo ellos dos en su alcoba, y su vida se fue reduciendo poco a poco a la esencia misma de sus existencias.

Antes de que esto sucediera, antes de que también en la cama se dieran la espalda, nació Vicente, su único hijo. Su llegada le sirvió de distracción a Luisa y también liberó a Roberto de todo afecto forzado. Ahora el niño tenía once años y, aunque era un buen hijo, su carácter acusaba la falta de un hermano. Pasaba horas poniéndoles voces a las fotografías que adornaban las paredes de su casa y reconstruyendo historias familiares que sus padres preferirían olvidar.

Segundo piso, mano izquierda
Vacío

«Alquiler. Espacioso segundo piso en Argumosa 16. Mucha luz. Tres dormitorios, una alcoba, salón comedor, aseo y servicio. Cocina con vistas al patio. Calefacción. Agua corriente. Contactar portería.» Así rezaba el anuncio que Berta Noriega mandó publicar en el periódico local con la esperanza de encontrar un inquilino, y, por ende, una renta mensual que cobrar, para el piso que permanecía vacío desde que un mes atrás falleciera su octogenaria inquilina, doña Teresa, que vivía con la única compañía de un gato que huyó en cuanto su dueña cayó enferma.

Tercer piso, mano derecha
Fernando Ruballo

El paragüero se llamaba Fernando Ruballo y había vuelto del extranjero hacía unos años. Fingía tener acento de fuera pero, en realidad, todo el tiempo que pasó en aquel país de rubios había vivido en una comunidad de compatriotas con cabezas morenas y bolsillos remendados. Su apartamento estaba situado debajo del ático. Ruballo fabricaba paraguas de hule, sombrillas de papel pintado y abanicos que vendía a un precio razonable. Las que estaban a medias las almacenaba en un pequeño mirador que daba al patio, en el balcón y debajo de la cama. Repartidos por toda la casa estaban los esqueletos de las sombrillas y los rollos de hule negro de la marca Caballero. Había salido adelante de la nada y trabajaba duro. La madre del paragüero había sido muy pía, rezaba por todo y por todos. Le había enseñado a su hijo todos sus rezos y letanías, toda su piedad y toda su compasión. Había soñado con un alzacuello para él, pero en el último momento Ruballo cambió el voto de pobreza por la posibilidad de hacer fortuna y pronto abandonó la casa de su madre, marchando en el barco con el pasaje más barato que pudo encontrar. No faltó jamás a la cita del giro postal, siempre fue generoso con su madre hasta que la anciana murió, sola.

A través de un agujero en la pared espiaba a María, su vecina. Aquel hombre rodeado de paraguas, sombrillas y abanicos, la contemplaba arrobado. De ella sabía que venía del campo, que cosía, como su madre, que era de condición humilde y escribía con dificultad, y que sus amoríos, en ocasiones, eran meras transacciones.

Tercer piso, mano izquierda
María, la bordadora

María ocupaba un diminuto estudio en el tercer piso, con paredes de papel pintado azul mugre y un farolillo de seda rojo en lo alto del techo al que hacía años que no llegaba la electricidad. Sobre su cama de hierro había un cuadrito con la rama de un árbol bordado que decía «María, llena eres de gracia», su nombre, el que le había puesto su madre veintitrés años atrás.

La bordadora comía poco, como un pajarito. Los martes, miércoles y jueves tomaba un cacillo de puchero en el taller de costura donde recibía algunos encargos, como parte de su salario. Bebía té, mucho té. Con leche y un poco de azúcar, engañaba el hambre y el frío.

María bordaba en un gran bastidor sábanas para ajuares de muchachas felices, iniciales en los bolsillos de los uniformes escolares, flores en pañuelos, mazorcas de maíz en baberos, ángeles con lazos azules o rosa en ropa de bebés y detalles de color añil en los forros de los vestidos de novia. Cuando no había encargos a los que dedicar el tiempo que dura una vela, María cosía rotos y descosidos, y cuando ni para velas le llegaba, salía a buscar compañía que se pudiera traducir en un plato de comida caliente.

La bordadora era sencilla y austera porque no podía ser de otra manera, pero llevaba los tacones de sus zapatos pintados de rojo con laca de bombilla. Una osadía, sin duda, pero ella taconeaba arriba y abajo por la escalera de mármol sin importarle lo que el mundo pudiera opinar de ella.

Tiempo atrás había posado para el artista que vivía en el ático, pero ya no iba a su estudio, ni aunque el hambre le pinchara la barriga; aquella mujer araña que compartía techo con él le habría arrancado los ojos y el corazón de puros celos, con sólo oler el aroma de hilo que María dejaba tras de sí. Además, la última vez que había posado, el artista le había dado como pagaré una sonrisa que aún no había conseguido cobrar.

Ático
La Musa y el artista

En el ático vivía un artista, pero este artista, que pintaba más cuadros de los que vendía, pues era un artista al fin y al cabo, hacía muchos días que se había marchado de casa. Con él vivía una mujer, su Musa, que había sido equilibrista en el circo y, estando casada con el hombre forzudo, vivió un romance con el artista. Su despechado marido cortó el cable por el que la adúltera caminaba, sin red, bajo la carpa.

Ahora la Musa estaba atada a una muleta y, pese a ello, daba vueltas y vueltas por el ático, encerrada como una bailarina en una caja de música. El artista vivió los primeros años de su romance fascinado por su belleza y por la elegancia de sus brazos, y en su fascinación pintaba cada movimiento y llenaba el suelo de bocetos. La mayoría de las telas que pintaba iban a parar a las manos de Berta Noriega, que las aceptaba a veces como pago del alquiler. Tampoco ella podía resistirse a la inquietante mirada de la Musa.

A veces, superado por la desesperación, el artista dejaba de pintar unos días y entonces se marchaba dejando a la inválida sola. Ella no podía seguirle con su cadera partida. En una ocasión, enfurecida, se precipitó por las escaleras de mármol con la intención de alcanzarlo. Él no cambió de idea y la Musa quedó herida de muerte, y esa herida enquistada fue apagando su espíritu hasta convertirla en un maniquí sin voz, encerrada de por vida entre las cuatro paredes de aquella buhardilla con olor a aceites y trementina.

La portería
Emilio y Carmen

Los porteros limpiaban el suelo, pasaban el trapo del polvo, enceraban el mármol, pintaban el hierro, arreglaban la caldera de agua, purgaban los radiadores, trataban la madera, engrasaban bisagras, limpiaban cristales, mandaban ir y venir a recaderos, carteros, criados, doncellas, planchadoras y gente de otros oficios, y además, buscaban tiempo para vivir. Esa pequeña parte de tiempo, el que vivían, lo pasaban en su casa, un pequeño apartamento situado detrás de la portería, que si bien era pequeño, también era acogedor. Su diminuta habitación no daba a la calle, como los otros pisos, sino a un jardín asilvestrado que había en la parte de atrás.

Él, bajito y robusto, de grandes manos y generosas orejas, parco en palabras y más bien brusco en maneras, dejaba siempre que su esposa hablase. Poseía la cualidad de mantener la conciencia tranquila, a pesar de todo, y era inteligente, aunque tan introvertido que parecía tonto.

Ella era alta, esbelta, con pies como manos y manos como pies, había sido educada por su madre, una doncella de buena casa que conocía el protocolo mejor que a su propia hija.

Juntos habían tenido un hijo, años atrás. Un joven que llenó de alegría sus días hasta que la muerte se lo llevó, una noche de tormenta, al despeñarse la ambulancia que conducía camino del hospital.

Desde entonces nada hacía que se dibujase ni una tímida sonrisa en sus rostros. Luli pasó a ser otra vez la María del Carmen que Emilio conoció en el baile, seca y parca en palabras. Emilio dejó de hacerle la corte. Ninguno de los dos pudo darle la vuelta a aquella pérdida; el dolor tatuó manchas bajo los ojos de Carmen, la pena y lo que bebía, venas rojas en las mejillas. Hacía sus quehaceres, incluso los que no eran ni suyos ni pagados, y luego se refugiaba con un vasito de cristal tras el serial de la radio. Emilio fingía que no la veía, porque hablarlo los habría obligado a aceptar que todo había sucedido de verdad y que su vida ya no tenía sentido.

Las cuatro gárgolas

Las gárgolas eran seres extraños que no pertenecían al reino animal, al menos Emilio, el guardés, no las había encontrado en ninguno de los tratados de biología o zoología que había «tomado prestados» de la biblioteca de Roberto López.

Aquellos bichos inmundos tenían la boca llena de colmillos, ni un solo diente, ninguna muela. Tampoco tenían lengua. Sin embargo hablaban entre ellos, emitían sonidos y ronroneos. Los ojos eran redondos e inexpresivos, no había luz alguna en ellos.

Lo que intrigaba al portero era el rabo de demonio. Él había visto cómo se movían y se colgaban con aquel rabo del relieve de la fachada, y aunque nadie le creía, sabía que cobraban vida tres o cuatro veces al mes.

Se había hecho con una cámara de fotos y las había cazado en pleno salto, pero las fotografías se habían velado y desistió de la idea de conseguir más pruebas documentales, por lo que optó por cazarlas y lo convirtió en su cruzada. Tanto se dejó llevar por esta fantasía que los rumores no tardaron en llegar a oídos de Carmen. Ella en el fondo envidiaba a su marido, al menos él había encontrado la forma de entretener su pena.

Mientras tanto, las gárgolas disfrutaban haciendo rabiar a aquel pobre hombre, se escondían entre las nubes y se dejaban ver con la luz de la luna, como si estuvieran bajo los focos de un escenario. Hacían su aparición, reían a carcajadas, y se rascaban la barriga con la flecha de la punta de su cola, ante la atónita mirada del portero que, desesperado, ya no sabía qué hacer para cazarlas y demostrar que no estaba loco.

Para el resto de los vecinos, aquellas gárgolas obturadas con mortero que antaño habían evacuado el agua de lluvia a través de sus bocas, función que ahora cumplían las cañerías que bajaban por la fachada, eran meros elementos decorativos que dotaban al edificio de un aire distinguido y vetusto.

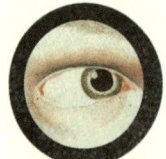

Lunes

Un comienzo

Ruballo apartó con el pie una jaula repleta de sombrillas que estaba abandonada en medio del pasillo y entró en el servicio blasfemando. Dejó correr un rato el agua caliente y retiró el vapor del espejo con una toalla, formando un cuadrado casi perfecto. Después frotó una brocha de pelo de caballo contra la palma de su mano hasta conseguir una espuma fina y jabonosa. La extendió sobre sus mejillas de derecha a izquierda y la retiró en sentido contrario con la cuchilla de afeitar. A continuación, mojó un peine de púas metálicas en un cuenco lleno de agua azucarada y se peinó hacia atrás, asegurándose de que el peinado se ciñera con firmeza a la forma de su cráneo. Con ese mismo mejunje pegajoso atusó su fino bigote. Para terminar aplicó una loción dándose suaves palmaditas sobre la piel. Se puso la chaqueta de tweed y acabó de anudarse la corbata mientras pegaba la cara a la pared. Así permaneció un rato, mirando a través del agujero, hasta que se dio cuenta de la hora que era y abandonó el piso, no sin antes besar el retrato de su madre que presidía el recibidor.

Esa mañana Ruballo tenía una cita en un local al que había echado el ojo tiempo atrás y que, tras meses de ruegos e insistencias, los herederos del difunto propietario se habían decidido a poner en alquiler. Estaba bajo los arcos de la plaza de los Caballos, una plaza de forma cuadrada con una fuente de cuatro caños rodeada por plátanos silvestres de ramas entrelazadas. La flanqueaban cuatro edificios señoriales con soportales, donde antaño se concentraban comercios agrícolas y guarnicionerías, por cuyo motivo le habían dado ese nombre.

Con el cambio de los modelos de negocio y la revalorización de las calles más céntricas de la ciudad, estos cuatro soportales estaban llamados a ser la nueva zona selecta de la villa. Un gran número de comercios prósperos se habían instalado bajo aquellas arcadas y atraían a otros desde distintas partes de la ciudad. Corte y confección, cafeterías con mesitas en el exterior y alguna oficina bancaria. Si todo iba bien, si hoy se formalizaba el asunto con tres rúbricas, pronto inauguraría una discreta pero selecta paragüería, con artículos refinados como sombrillas de seda y bastones de nogal y marfil para caballero, pitilleras y, más adelante, complementos elegantes: sombreros, pipas, artículos de peletería y mantones de Manila que colonizarían la ciudad y llenarían su billetera. Ya había contactado con proveedores de buen género y había previsto los gastos de acondicionamiento del local; una cuadrilla esperaba su aviso para ponerse a trabajar lo antes posible. En un guardamuebles esperaba el mobiliario de contrachapado que había adquirido en la subasta del embargo de la Amuebladora Peninsular que, sin duda, encajarían a la perfección en el local.

Se decía a sí mismo que vendrían tiempos mejores y podría encargar muebles a medida de maderas nobles, suelos de cerámica ostentosos en los que se vería como en un espejo, y contratar empleados uniformados que atenderían a la clientela, y así se libraría de la exposición de su persona en el establecimiento, algo que se le antojaba vulgar e impropio de los hombres de negocios en los que él quería verse reflejado. Todo era apariencia, no se engañaba. Pero a Ruballo, tratar con la gente, asentir ante sus estúpidas peticiones, morderse la lengua para no decirle a esa clienta «No, señora, no, esa preciosa y delicada sombrilla de seda y caña no mejora en absoluto su aspecto de vaca ajada», responder con humildad ante cualquier desaire o reír comentarios de dudosa gracia, aunque era algo que nadie hacía mejor que él, le suponía un esfuerzo supino.

Tampoco había nacido para envolver género, sino para llenar el libro mayor de asientos, mercaderías y cifras. Había calculado y planificado todos los posibles escenarios y ya era momento de subir el telón, y lanzarse a una nueva aventura mercantil cuyos únicos protagonistas serían el éxito y el dinero.

Atravesó la ciudad sumido en estos pensamientos y saboreando esa dulzura que el destino le tenía reservada, lo creía a pie juntillas, y llegó por fin al almacén donde estaba el antiguo dispensador de piensos que pronto acogería su negocio. A través de los amplios escaparates de cristal vio a los propietarios, acompañados del agente de fincas. La puerta estaba abierta y entró saludando muy encopetado a todas aquellas personas. Solucionaron el asunto en un santiamén y se despidieron con firmes apretones de manos. El resto de la mañana lo dedicó Ruballo a poner en marcha su plan: avisar a la cuadrilla, coordinar al guardamuebles, activar los encargos en la central de pinturas y un sinfín de tareas de cara al día siguiente.

Celebró la buena nueva almorzando copiosamente y, tras el café, la copa y el entrefino, fue a encargar las tarjetas del comercio a la imprenta y allí mismo compró un papel de seda muy delicado que le pareció una forma exquisita de presentar los abanicos para las próximas fiestas a las que asistiera. Procuraría ir a todas las veladas y recepciones con cierta pompa que se celebraran en su ciudad, contaba con los contactos suficientes para conseguir que lo invitaran.

Ya no se trataba de un vulgar vendedor ambulante que asiste a un ágape o a un recital de poesía y exhibe su género con fingido disimulo, sino que era el futuro propietario de un elegante y exclusivo comercio que daría testimonio de su actividad y le dotaría de una entidad importante en la escala social.

Había trabajado sin descanso fabricando para tales ocasiones un buen número de abanicos de estilo oriental, de peral pulido y seda pintada, que a buen seguro harían las delicias de las damas asistentes a esas veladas. Eran una especie de prototipo para el que se había esmerado mucho. Los ofrecería como un desinteresado obsequio cuando surgiera la ocasión; en medio de una conversación banal en la que se hablase de trabajo, gastronomía, climatología, o simples cotilleos de sociedad. Deslizaría discretamente una tarjeta impresa en papel verjurado con las señas del comercio estampadas en tinta brillante, mencionaría algunas de las otras fruslerías con las que comerciaba y no tardaría en recibir una visita de alguna de aquellas señoras.

Tras las obras organizaría una pequeña inauguración; invitaría a sus amigas viudas y a las amigas de éstas. Les serviría café y pastas en una mesa laminada y aparente, ofrecería algún licor para entretener a los caballeros, y se haría el despistado cuando ellas manosearan y escudriñaran sus preciados artículos.

Música. Debería tener algún tipo de música, algo elegante pero popular y alegre, nada de solemnidades sacras ni vulgares transistores. Un gramófono era algo costosísimo, pero necesario para dotar a su tienda de ese ambiente exquisito que buscaba. Debo buscar una ganga, se dijo al girar hacia casa. En ese momento algo llamó su atención en la acera de enfrente, la esquina de la calle Argumosa.

Una pareja se abrazaba contra la pared. Las ramas bajas de un árbol aún cargado de hojas no le permitían ver con claridad la escena. La calle estaba desierta, a esa hora el tránsito de gente era escaso. El hombre rodeaba con un brazo a la muchacha y la besaba en el cuello. El otro brazo se perdía entre los pliegues de su falda. Reconoció aquella tela de paño áspero y turbio. Turbado, se escondió en los soportales de un comercio cerrado y observó la escena con cierta excitación.

Boutique almibarada

Con un mordisco en la barbilla el joven se despidió de María, que introdujo unas monedas en el bolsillo y, recolocándose la falda, dobló la esquina asegurándose de que nadie había contemplado la escena que acababa de protagonizar en plena calle.

Entró apresuradamente en el portal con el abrigo de lana bajo el brazo y comenzó a subir las escaleras acariciando sensualmente la barandilla con una mano mientras hacía tintinear las monedas que llevaba en el bolsillo con la otra.

—Buenas tardes, María.

Berta Noriega, elegantemente vestida y guarnecida por una camada de alimañas muertas alrededor de su cuello, se había parado a contemplar a su vecina.

—Buenas tardes, Berta —contestó María, irguiéndose como un ciprés.

—Ha refrescado mucho.

Berta Noriega, con media sonrisa y ojos brillantes, colocó con una caricia el amplio cuello de la blusa de la bordadora, cubriendo la tira del sostén de la joven. Luego la dejó partir escaleras arriba.

Berta se ajustó, dedo a dedo, los guantes de cabritilla color azul prusia y abandonó con paso firme el portal. Raras veces salía; en su apartamento encontraba todo cuanto deseaba y había sido capaz de dirigir la vida que había elegido hacia el interior de su casa. Ésta era una ocasión especial. Había sido invitada a una velada musical esa misma semana que se le antojaba harto interesante; si bien la organizaban unos remilgados miembros de la flor más mustia y la nata más rancia, entre los asistentes estaba su delicada violonchelista, y ésta había insistido caprichosamente, como sólo ella sabía hacerlo, en que Berta la honrase con su compañía. Cómo negarse.

Había caído en la cuenta de que, para tan ilustre ocasión, necesitaba hacer algunos recados: medias de seda, algo que ponerse (ya era demasiado tarde para encargar un vestido en el taller de costura) y puede que algún adorno que decorase el nido negro de su recogido. Detestaba hacer compras, era capaz de vestirse con un remiendo de falda antes que pisar una de aquellas boutiques llenas de clientas almibaradas, con afectadas risas de cascabel inundando un espacio ya de por sí superferolítico, con tanto bandó perlado sobre las ventanas. Pero, extrañamente, hoy sentía deseos de dejarse llevar dentro de uno de esos templos de la veleidad.

Se negaba a admitir que le atraía la idea de deslizarse entre sedas finas o sentirse femenina (no quería ni pensar en ello); prefería justificar la compra de ese vestido como algo que se veía en la obligación de hacer para no dejar en mal lugar a su acompañante en la fiesta. Sentía pavor ante estas recién estrenadas sensaciones. Tal vez se sintiera así por esa cosa del cortejo, pensó. Puede que fuera amor, no le era fácil reconocer el sentimiento, pero se negaba a pensar abiertamente en ello por miedo a que se materializase.

Todavía no, no tan pronto, se dijo, no sin tener a Clara a mis pies. Sólo entonces, si acaso, me dejaría llevar un poco por esos afectos con más libertad. Que sea ella la primera en ponerse en evidencia, eso eclipsaría cualquier tontería que yo pudiera decir o hacer por la embriaguez del sentimiento.

Berta no tenía muy claro qué tipo de vestido escogería, tan sólo sabía que deseaba emplear el mínimo tiempo en la elección. La dueña de la boutique Casares tomó primero sus medidas.

—Tiene usted una figura perfecta para su edad, señora, estilizada y bien formada, si me permite decírselo. No será difícil encontrar algo para usted, algo más alegre que eso que lleva, que es un poco oscuro y la hace parecer mayor. Me ha dicho que es para una velada musical, algo íntimo, pensaremos en algo largo. Tengo un vestido verde turmalina que es único; sólo he recibido uno y viene de fuera. Me gustaría que se lo probara.

A Berta no le entusiasmaba, pero tenía la sensación de que el resto de los modelos no diferirían de aquél, y no tenía intención de pasarse la tarde discutiendo con la señora sobre bastillas, cortes al bies o plisados, por lo que accedió a probarse el vestido que le ofrecía. Era de seda salvaje, con un dibujo vegetal tornasolado y de confección impecable, a pesar de no estar hecho a medida. El escote cuadrado se fruncía a un lado de forma graciosa y tenía un elegante brocado en hilo oscuro rodeando la cintura. Deslizó la tela a través de la cabeza y cayó con soltura a la altura de sus zapatos planos de ante. Encajaba a la perfección en su cuerpo. Berta se miró extrañada dentro de aquella seda cortada, se dio la vuelta sobre su figura sin apartar la vista del espejo y le costó reconocerse. A la madame le entusiasmó y mientras cogía el bajo con alfileres en la boca, sugirió unos zapatos que Berta, desde luego, no tenía.

—De tacón de carrete, no muy altos, con diseño calado y pulsera. Y del mismo color; zapatos italianos, una cosa espectacular. Deje que mande a la chica a pedir su número, tenemos zapatería en la avenida, en unos minutos lo tenemos aquí.

A los pocos minutos Berta se anudaba a los tobillos las cintas de unos zapatos de piel fina del mismo tono que el vestido. Añadió a la compra unas medias de seda, una limosnera de lamé y unos guantes a juego, y pidió que se lo enviaran esa misma tarde a la dirección que les indicó. Había sido bastante más fácil y gratificante de lo que esperaba.

La siguiente parada sería el salón de peluquería, donde a duras penas consiguió que sólo recortaran lo que había crecido desde la última vez que les había visitado, año y medio atrás. Escogió un tocado sencillo de plumas verde y azul y accedió a comprar una crema de belleza que obraba milagros en las pieles más ajadas, según la peluquera. Tan embelesada estaba que no cuestionó aquella promesa ni se dio por aludida. Esta vez no pidió que se lo enviaran a casa, sino que se empeñó en llevarse consigo el paquete con sus últimas adquisiciones. Para completar el día se acercó al barrio de Apalás y adquirió algunos libros y otras bicocas, y antes de emprender el camino de vuelta decidió parar en un café y merendar. Buscó una mesa alejada del resto y esperó a que le sirvieran la merienda. Entre bocado y

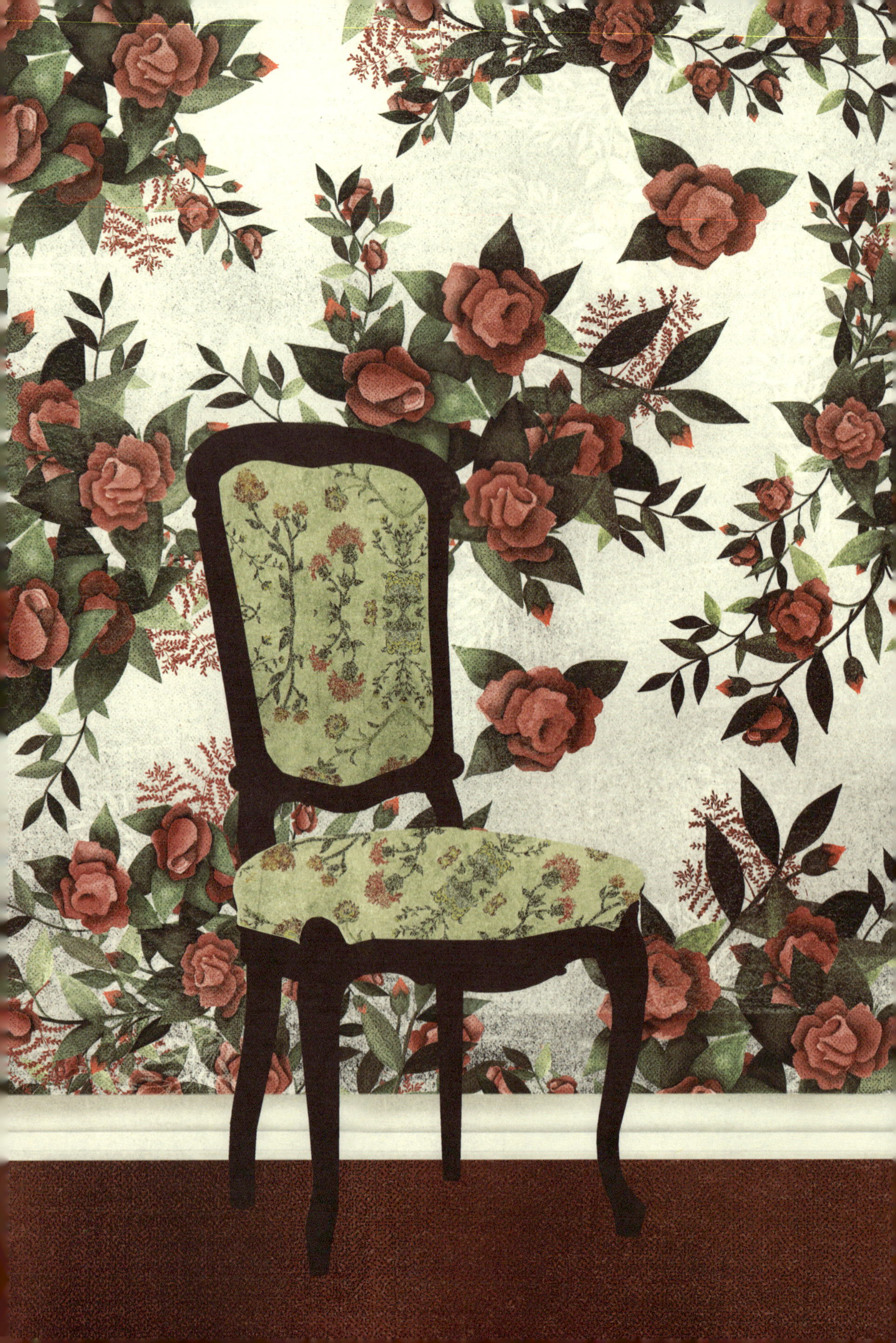

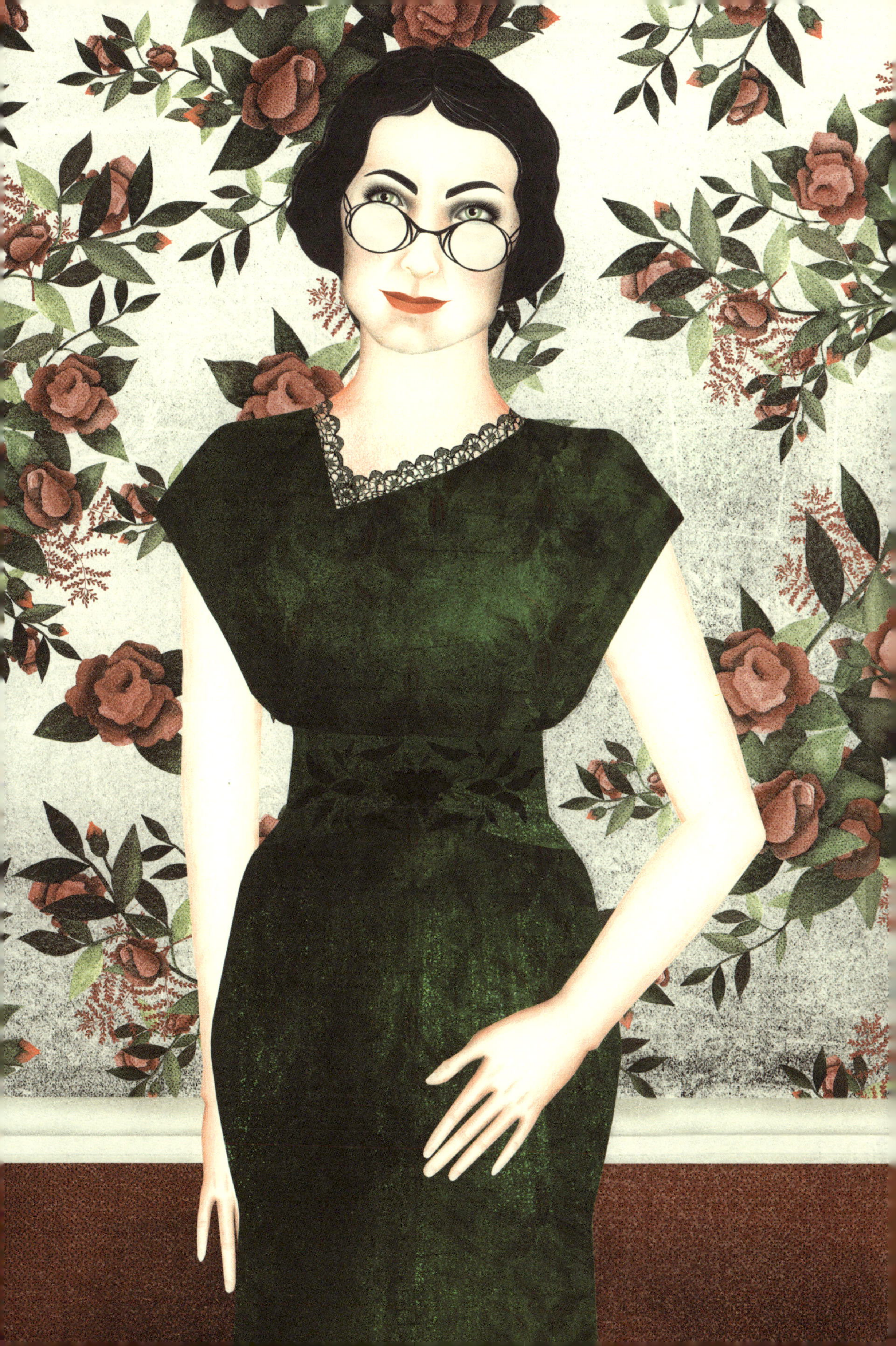

bocado contemplaba a hurtadillas el tocado que acababa de comprar, sin llegar a sacarlo de la caja. Sentía una extraña sensación al examinar aquel objeto que se asemejaba al plumaje de un ave exótica. Ni siquiera había preguntado cómo se colocaba en el cabello.

Berta entró en el portal y dio dos toques en la campanita de la portería. Carmen salió rauda y saludó educadamente a la señora.

—Un muchacho ha traído este paquete de la boutique Casares, señorita Noriega.

—Sí, lo sé. A eso venía. —Berta estiró el cuello y miró hacia la vivienda de los porteros—. ¿Está Emilio ahí dentro?

—No, señora. Debe de estar arreglando alguna cañería por ahí —mintió Carmen.

—No estará otra vez espiando demonios ahí arriba, ¿verdad? —Ambas mujeres alzaron la vista hacia la vidriera del tejado por encima de las escaleras. Berta miraba irritada, Carmen inquieta. La luz bailaba con las sombras al otro lado de los cristales.

La vida de las paredes

«Mujer de pechos grandes», «Mujer con mucho vello púbico», «Mujer con hombre en el suelo», «Mujer con mujer y hombre con tomavistas». El joven Vicente López Valero oyó el timbre, metió las fotografías dentro de un misal que escondió bajo la almohada, se ató el cinturón de la bata y corrió a abrir la puerta a tan inoportuna visita. María, la vecina del tercero, aguardaba con un paquete envuelto en estraza gris; era algún encargo de su madre.

—Pasa, pasa. Mi madre se ha echado un rato en la cama, voy a avisarla —dijo el chiquillo invitando a entrar a la muchacha.

—Muchas gracias, Vicente. Pero si está durmiendo puedo volver en otro momento. ¿Y tú? ¿No has ido hoy al colegio?

—Tengo catarro —dijo el niño—. No te preocupes, ella ha pedido que la despierte. Sígueme.

Los retratos familiares contaban la vida de los López Valero a todo aquel que dedicara un momento a observar. En el recibidor, dando la bienvenida a quien atravesase la puerta, estaban los progenitores, fotografías de estudio de la pareja, muy recientes y retocadas de tal manera que no se sabía qué lucía más: si las pestañas de la señora, o el bigote del caballero. Estaban enmarcados en plata y colocados a cada lado del chifonier; entre ellos había un jarrón con flores de tela.

Quienquiera que fuera invitado a pasar más allá del recibidor era inmediatamente informado de quién era el señor de la casa y qué posición social tenía: las jornadas de caza de Roberto López con banqueros, gente de reconocida posición social y famosos miembros de la política estaban cuidadosamente enmarcadas y colocadas en la biblioteca y junto al descansillo que conducía al comedor.

De más confianza eran los visitantes que llegaban hasta el salón y, una vez allí, se encontraban rodeados de cada uno de los miembros de la familia: los hijos, los abuelos y los hermanos acompañaban las cenas y las tardes de café con pastas.

Aquellos miembros de la familia que vivieron en otro siglo descansaban en paz sobre el aparador de roble que tapaba el tiro de lo que una vez fue la chimenea, para que el viento que se colaba por detrás del mueble ventilase los tristes recuerdos que dejaba su ausencia.

María relajó los hombros y contempló a su alrededor. El salón estaba decorado a la última moda, con telas de estampados orientales y cortinas de colores fuertes, muebles compactos y retratos familiares colgados donde las expresivas pinturas dejaban espacio para otro marco. Candiles, tapices, cajas de madera tallada, dagas de punta curva, bastones de marfil y madera sujetando una planta enredadera, la colección de pipas de Roberto López, la tuba de María Luisa Valero y juguetes y libros abandonados de cualquier manera y en cualquier parte del salón. Todo ello conformaba el caótico lugar donde los tres se cruzaban en algún momento del día.

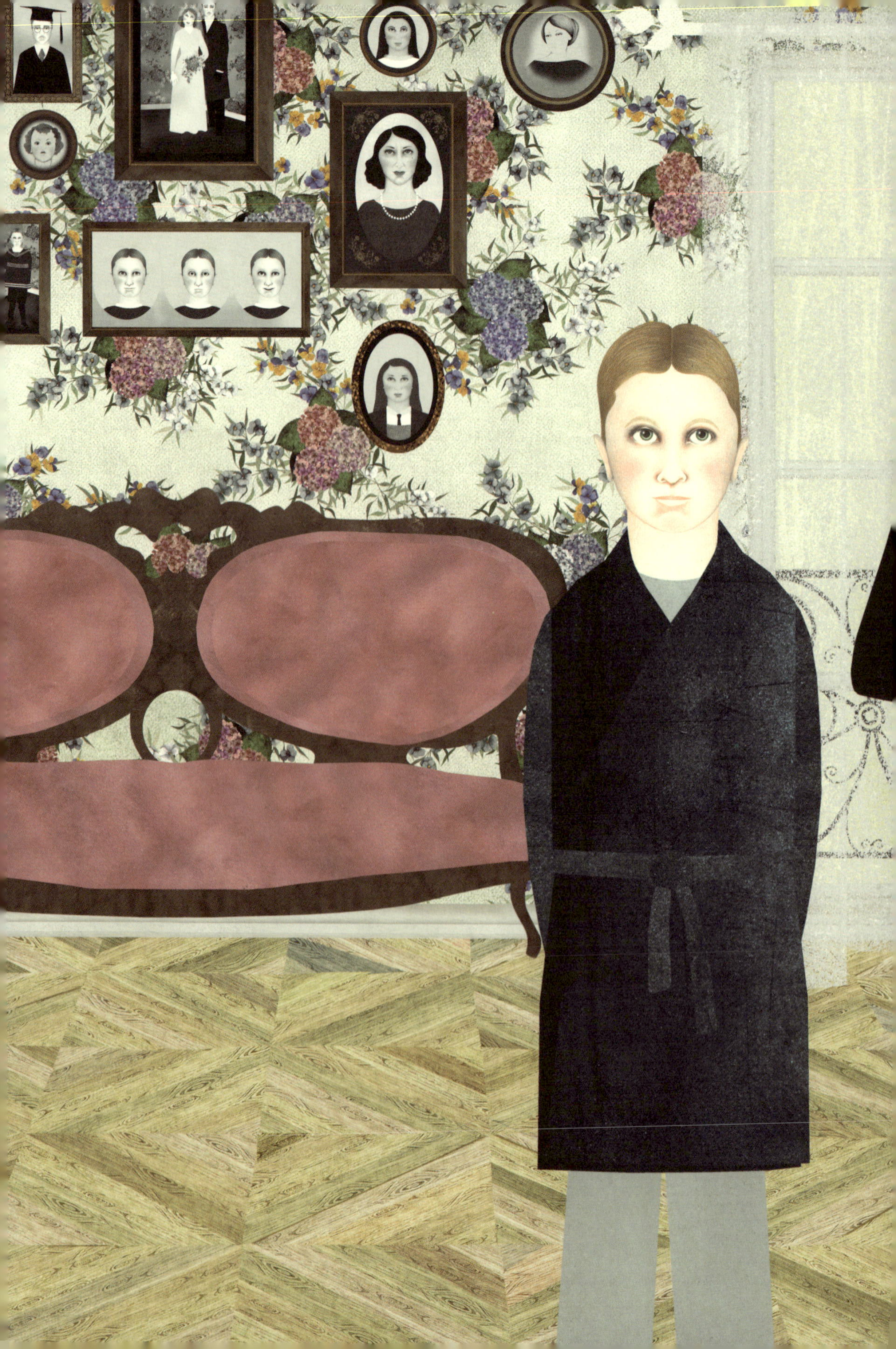

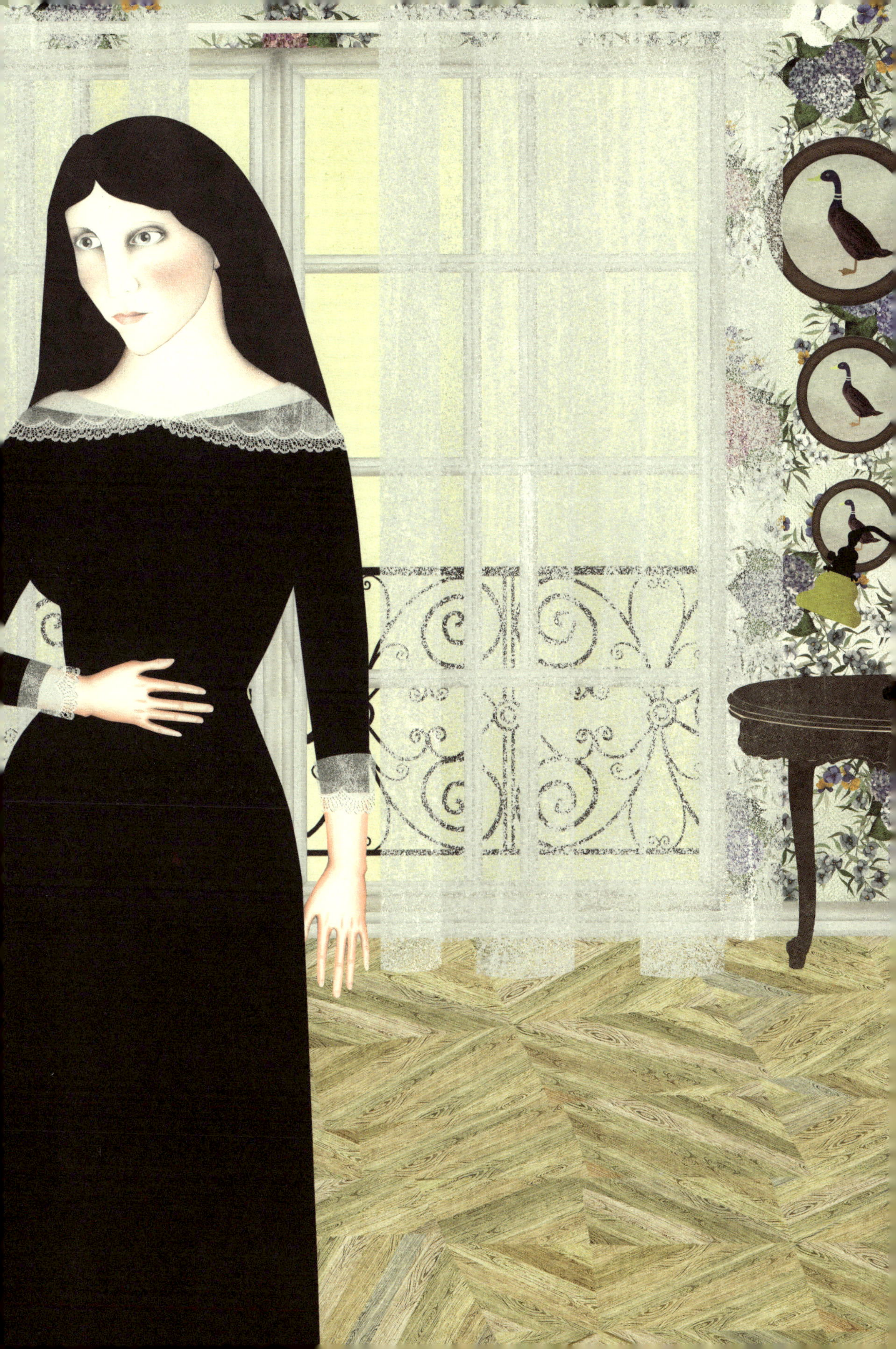

La joven observó todas las caras que la rodeaban colgadas de la pared, como presas de caza disecadas. Los López con algunos familiares la miraban sin pestañear, desde una casa de campo. Ella, más joven pero manteniendo el semblante de señora que no se deja tocar ni por amor; él, con esa sonrisa de bobalicón que quiere salir bien en la foto; Vicente y otro niño con aire familiar, tiernos pillastres vestidos con prendas de género fino. Junto a ellos, el tío Alfredo, hermano de Luisa. Dicen las malas lenguas que se lo llevó el mal del burdel y su cara se cubrió de pústulas, aunque la familia aireó otra versión más púdica del mal que puso fin a su vida.

Sobre un puñado de pensamientos descansaba, sentado en un tresillo, el matrimonio López. Estaban en esa casa antigua rodeada de campo donde pasaban los veranos, adivinó María. Una Luisa jovial miraba a través del cristal, pero la mirada ausente de Roberto se dirigía hacia otro sitio, con el ánimo perdido y una sonrisa blanda, desconocida hasta entonces por la bordadora. María siguió la dirección que tomaba la curva de sus labios y se encontró con una nueva fotografía estival que reunía a jóvenes padres de familia, bien vestidos y con aire despreocupado, y entre todos aquellos rostros encontró esa misma sonrisa laxa posada en el rostro de una de las mujeres de la primera fila.

La intrusión en las vísceras emocionales de la familia fue interrumpida por una Luisa que se desperezaba decorosamente, estirándose sin estirar ni un solo músculo de su cuerpo. La bordadora se disculpó por haber interrumpido su siesta.

—Sólo dormitaba —mintió Luisa—. Estamos sin doncella, se le ha muerto un familiar y ha tenido que volver unos días al pueblo. Por eso te ha abierto la puerta el niño.

Cogió el paquete que le ofrecía María y escrupulosamente analizó puntada a puntada, comprobando que el encargo estaba a la altura de sus expectativas, y de su precio. Felicitó a la costurera sin mucho entusiasmo y de un monedero extrajo el importe que previamente habían acordado. Luisa quiso saber cuándo estaría el siguiente juego de sábanas y se mostró algo molesta cuando María se excusó por el ligero retraso que llevaba. Se despidió y volvió a su dormitorio sin indicarle a la muchacha el camino de salida. Al abandonar el salón, acercó la cara al oído de su hijo y susurró demasiado fuerte:

—La próxima vez, Vicente, déjala esperando en el recibidor. Acompáñala hasta la puerta.

Un poco perpleja y avergonzada, María miró a su alrededor esperando que el rubor de sus mejillas, provocado por aquel desdén de Luisa, se volatilizase. Su mirada se detuvo de nuevo en aquella sonrisa.

—Esos de ahí son mis tíos Alfredo y Adela, con los que veraneábamos antes... Solían venir en vacaciones, pero dejaron de hacerlo hace tiempo —dijo Vicente, a su espalda, obviamente desoyendo las indicaciones de su madre—. El año pasado murió el tío. Éstos son mi madre y él cuando tenían más o menos mi edad. Mi madre estudiaba en las monjas —anticipó el niño señalando el retrato de estudio de una chiquilla con uniforme de pata de gallo, dentro de un sofocante óvalo negro enmarcado en carey— y el de al lado, es mi padre de jovencito —dijo sin entusiasmo, refiriéndose al retrato de un jovencísimo Roberto. Vicente tenía un sorprendente parecido físico con su padre—. Aquí ya estaba enamorado de la tía Adela.

Entonces Vicente señaló con su mano un mosaico de fotografías enmarcadas en estaño labrado, retratos familiares que colgaban de la pared empapelada en un vergel de hortensias. María se acercó a la pared que le señalaba el niño, tratando de encontrar con ojos interrogantes entre todos aquellos retratos el de la mujer que le robó el corazón a Roberto. Obtuvo la respuesta de manos del niño, que, sin dejar de mirarla y con sonrisa seductora, descolgó una pequeña fotografía de los exteriores de la casa de campo familiar. Se veía a una manada de perdigueros de Burgos posando en formación militar sobre el suelo de grija. María no entendía el significado de aquella imagen.

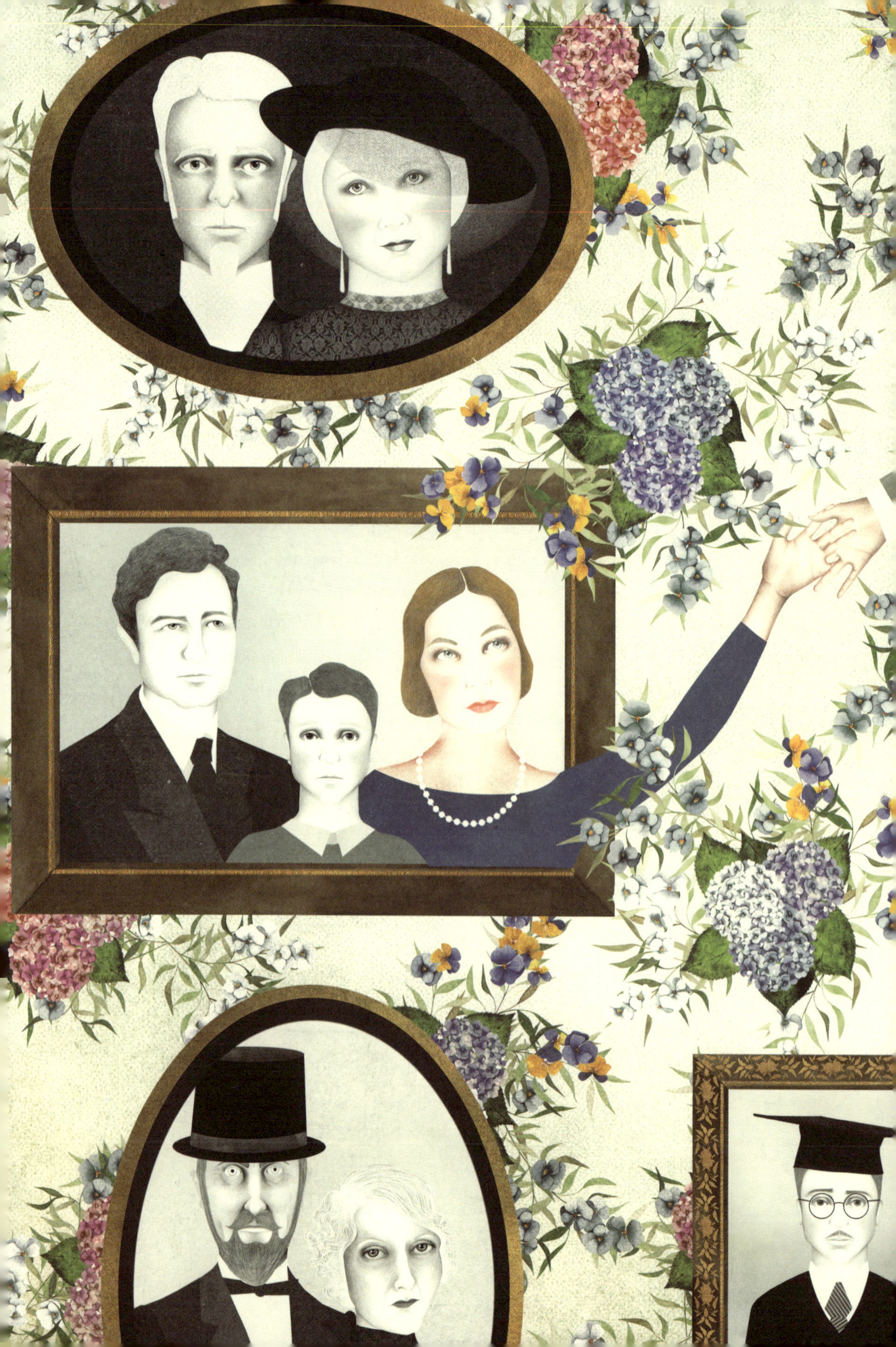

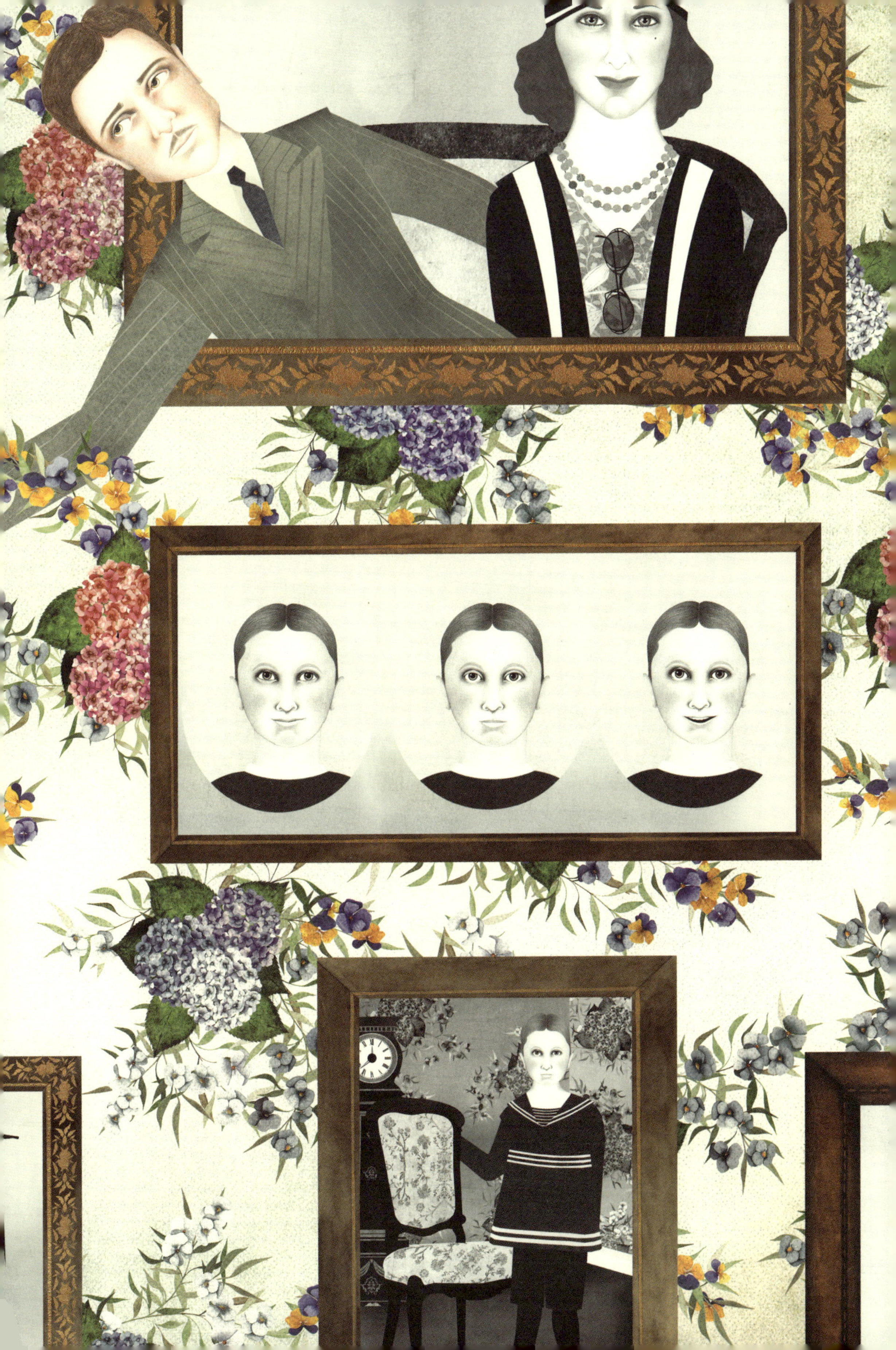

El niño despegó con sumo cuidado la tapa trasera. De allí extrajo una pequeña fotografía, impresa en sepia y protegida por una funda de acetato. El rostro bajo el papel nacarado era sin duda el de la mujer de aquella sonrisa que María había descubierto unos minutos antes, la tía Adela. Una bonita caligrafía atravesaba una esquina: «Con mucho afecto, para mi querido Roberto. Tuya siempre, Adela». Estaba fechada hacía unos años, antes de que nacieran los niños, calculó la bordadora, y tenía marcas, como si alguien la hubiera pisado en un suelo de gravilla.

—La tía Adela —aclaró el niño.

—¿Tu madre sabe esto? —preguntó María.

—Me imagino, si lo sé yo... —respondió con indolencia. Luego señaló el aparador de la pared opuesta y continuó informando sobre el resto de los retratos—. Ahí están mis abuelos, los padres de mi padre, y ahí está otra vez mi tío. Aparta la mirada porque le da vergüenza que te hable de él. Y la tía Adela está ahí arriba, en esa otra pared, detrás de mis primos. Se la ve un poco. Lo vigila a él todo el tiempo para asegurarse de que no la mira, porque cuando nos vamos a la cama y esta habitación se queda a oscuras sé que baja hasta el retrato de mi padre. O igual es él el que sube al de ella... Mira, ésa es mi otra abuela. Se tragaba monedas de oro cuando nadie la veía y, como no se lavaba los dientes, se le quedaban pegadas a las muelas, como los caramelos de piñones. En el pasillo hay más fotos, si vienes otro día te lo cuento. —Vicente bajó el tono de voz—. Ven mañana por la mañana. Llama a la puerta de servicio, te abriré yo. No es verdad que la doncella se haya ido al pueblo, ya no tenemos doncella y mi madre no abre jamás. Tráeme caramelos.

María, fascinada, se dejó acompañar hasta la puerta llevándose con ella a todos aquellos parientes y amantes, y emprendió el regreso a su casa, escaleras arriba, con cuatro monedas apretadas entre sus dedos.

Ya en su estudio, se sentó junto a la mesa de la cocina, compuesta básicamente por una encimera de mármol llena de mellas y un fogón. Sintió un retortijón y se echó la mano a la cintura ahogando el quejido. El hambre era cada vez más frecuente y más intensa. Ya no sabía con qué calmarla y de su despensa sólo salía la voz del eco repitiendo «vacío» una y otra vez. Encendió una vela, y acarició la jaula de su jilguero.

—Hola, pajarito. ¿No te he dado aún de comer? Toma, un poquito de grano —dijo con suavidad mientras llenaba el comedero de la jaula—. Cántame un poco, que tengo labor.

Sacó una pieza de lino blanco de su bolsa de encargos y la encajó en el bastidor. Se acomodó en la cama, con un carrete de hilo y unas tijeras, frente a la ventana. Alzó la vista y aguardó unos instantes. En esos momentos el pájaro terminó su frugal merienda de alpiste y comenzó a cantar. María, como un músico de orquesta aguardando la batuta del director, dio la primera puntada de hilo amarillo.

La mujer de la luz

Quien subiera por aquellas escaleras quedaba inmediatamente deslumbrado por la vidriera de cristales emplomados en el techo. Recreaban una figura femenina rodeada por cuatro aves exóticas cuyas alas se enredaban en su melena de color azafrán. Si el cielo estaba despejado, la luz del sol los atravesaba proyectando un sinfín de colores sobre la escalera, y era de una belleza abrumadora. Pero si se presentaba tormenta, los colores deformaban la figura de manera que las alas de aquellas aves parecían envolverla en una tortuosa oscuridad.

Era en las tardes de temporal cuando las gárgolas se asomaban a la vidriera, se colocaban una en cada esquina y lamían la parte de los cristales que ocupaba la mujer. Gritaban exaltadas y se comunicaban entre ellas con estridentes graznidos que se confundían con el crujir eléctrico de las nubes. Cuando el festín entraba en su punto más álgido, alguna de ellas se atrevía a saltar sobre el vidrio emitiendo disparatados vítores y alaridos mientras montaba a la inanimada

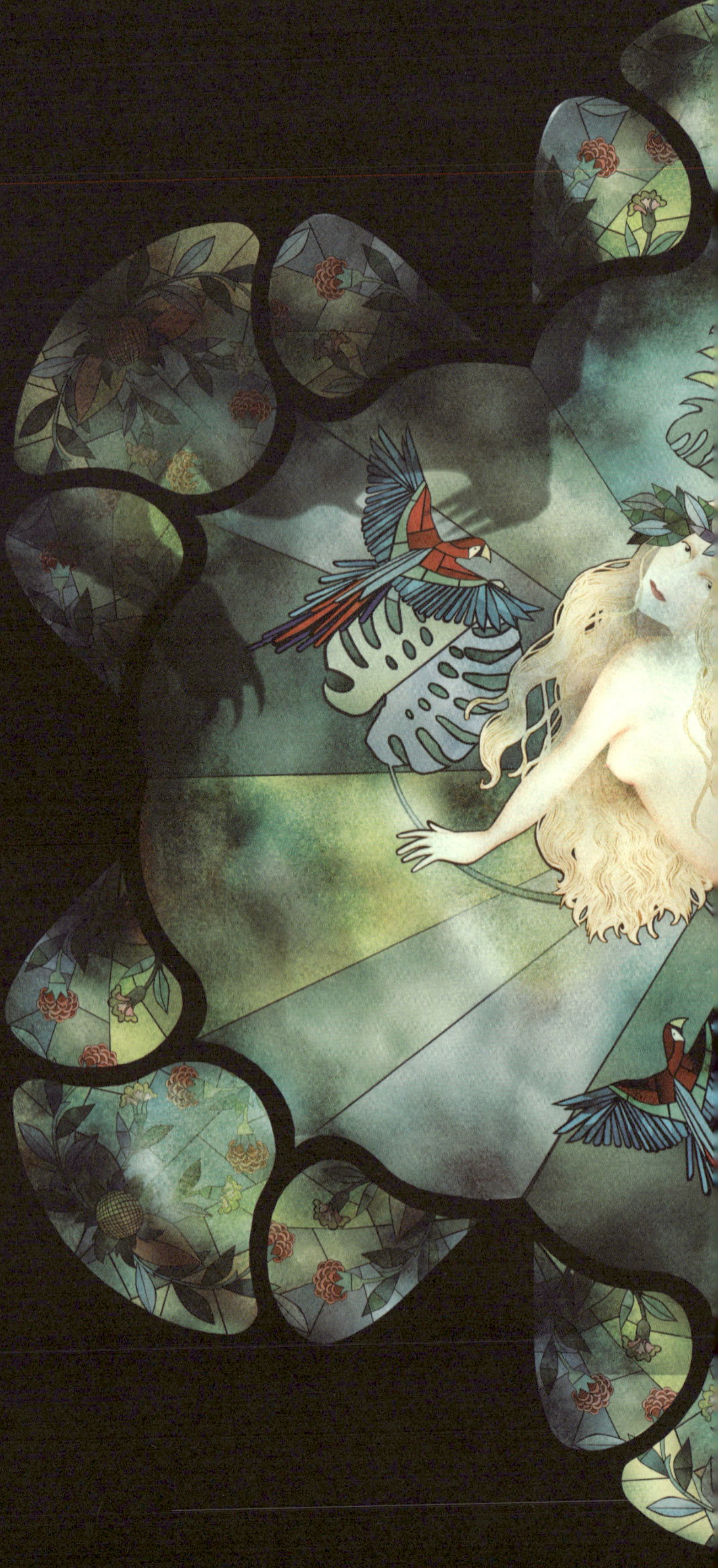

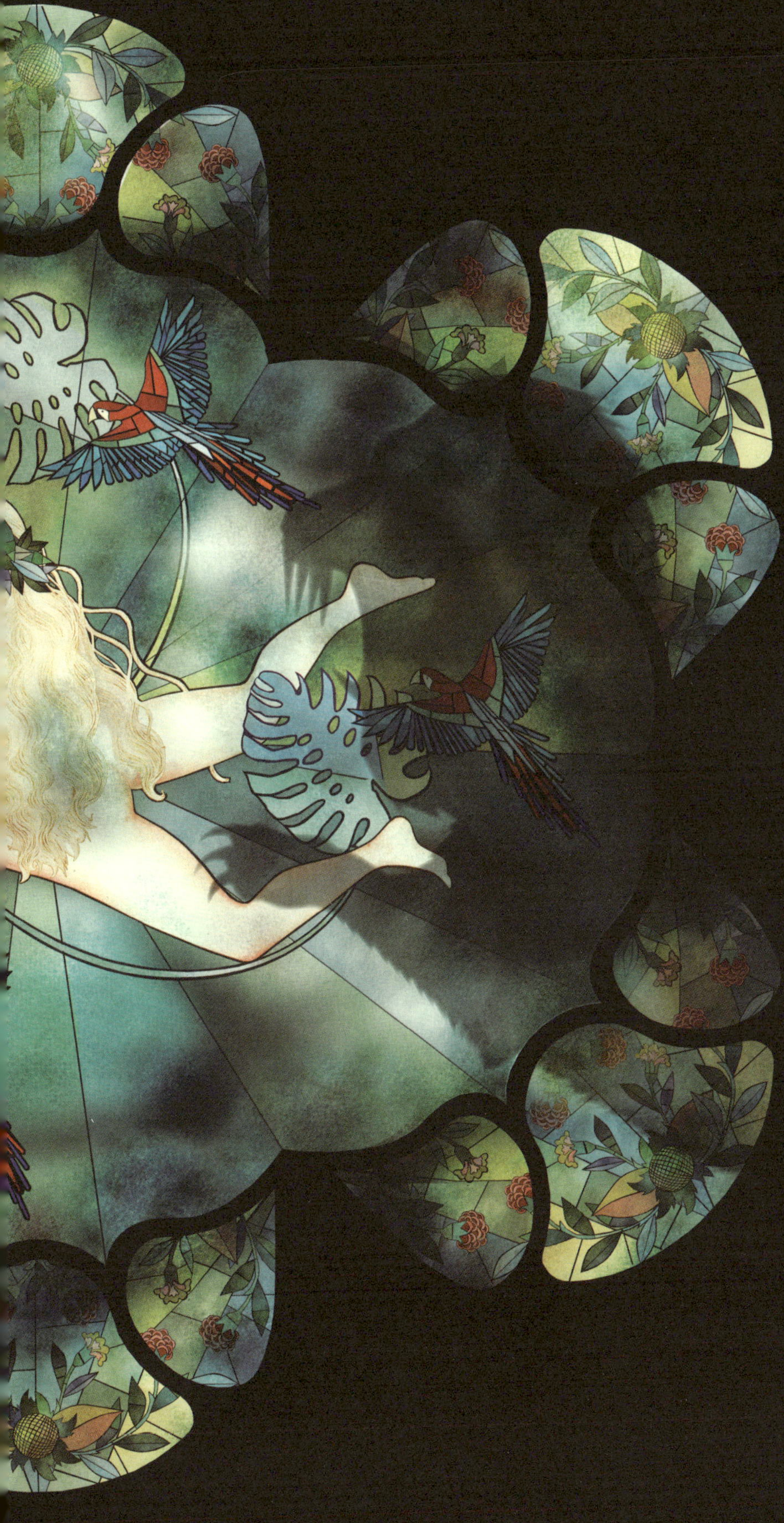

mujer, y las demás, que contemplaban la escena, desplegaban las alas en señal de triunfo. Si la tormenta iba acompañada de agua las gárgolas huían aterrorizadas del tejado y sabe Dios dónde se escondían. De eso el portero no tenía ni la más mínima idea, a pesar de que ya había estado husmeando en el tejado los días de lluvia rabiosa. Él sabía cuál era la explicación de que jamás anidaran golondrinas en su tejado y de que las palomas no descansaran sobre la pizarra. Las gárgolas las cazaban al vuelo, lanzando su certera cola de piedra y atrapándolas en la jaula pestilente de su boca. Vivían rodeadas de fornicio y de detrito, y era él quien tenía que retirar las evidencias de aquellos vicios, sin que nadie quisiera darse cuenta de que la representación del maligno en la Tierra corría a cuenta de aquellos bichos que adornaban la fachada del edificio en el que vivían, despreocupados y tranquilos, los vecinos de Argumosa.

Sabía que lo tildaban de demente, notaba cómo cambiaba el tono de voz de la patrona cuando le hablaba, como si calibrase con cada palabra si era a un hombre o a un niño a quien se estaba dirigiendo. Y también Carmen se empeñaba en tratarlo como a un enfermo mental porque su cabeza no daba más de sí. Ya cuando se casaron él se dio cuenta de que su mujer era estrecha de miras, pero el fulgor de la juventud es una cinta adhesiva sobre los párpados. Se casaron jóvenes porque entonces los jóvenes sólo tenían un camino que seguir, y era ése, el matrimonio y la familia, una ruta hacia el porvenir que no era otra cosa que una línea recta. Y ese camino tomaron los dos, sin pararse a pensar en más. Luego llegó el trabajo en la ciudad, en una portería de casa bien con derecho a alojamiento y sin gastos. Pronto culminó la buena suerte con la llegada de Enrique, su gloria, su alegría, el merendero en medio del camino sin transversales. Pero algo malo harían para que todo se truncase, para que sobre el camino pasara una apisonadora llevándose por delante el porvenir que, sin duda, les correspondía a otros y no a ellos. De eso hacía ya unos años; ahora su Enrique sería un hombre hecho y derecho, estaría casado, o no; tendría hijos, o no. Todo eso nunca llegó a suceder. Emilio, una vez superado el primer duelo, el del luto de ropa negra, sacó el tema como queriéndole arrancar una palabra a Carmen. Que si se imaginaba cómo habría sido todo, con chiquillos en la portería. Ella le paró los pies en seco, le dijo que todo aquello que rondaba su mente eran pensamientos estériles, que jamás tendrían nietos jugando en su casa, que lo dejase ya. Y Emilio lo dejó y nunca más volvió a sacar el tema delante de su mujer. Recordaba con claridad meridiana ese día porque justo al dar Carmen por finalizada la conversación vio que algo se movía a través de la ventana, y se asomó al patio pero no distinguió ni oyó nada más que el ruido de los platos y portazos en las cocinas de sus vecinos preparándose para la cena. Los días siguientes tuvo sensaciones extrañas, al principio se sentía observado mientras arreglaba el pomo de alguna puerta o engrasaba los enganches del portón, aunque cuando miraba a su alrededor no encontraba nada. Más adelante comenzó a oír ruidos y gorgoteos, así que revisó concienzudamente las instalaciones de agua y no encontró fuga alguna que explicara aquel ruido. Carmen insistía en que no notaba nada, «Serán cosas tuyas», decía. Emilio se obsesionó de tal manera que no pasaba un día sin que reexaminara de cabo a rabo cada una de las tuberías, cañas y cañerías, pero no daba con el escape de lo que fuera. Luego llegaron los graznidos en el interior del edificio. «Será algún estornino que se ha quedado atrapado en una tubería», resolvía Carmen. Pero tampoco era aquello, de eso estaba bien seguro. Extrañaba al portero que en todo el edificio no hubiera ni una rata ni un ratón, y no, no era gracias al perezoso gato de doña Teresa, pues ese minino no sabía hacer otra cosa que lamer escamas de sardinas o chispas de leche de los bigotes. Descartó una a una cualquier posibilidad. «Es un edificio viejo, déjalo ya, hombre.»

Carmen empezó a perder la paciencia, y luego llegó el desapego. Ella lo vigilaba, con el idilio de Margarita y Marcelo, protagonistas del serial, de fondo, y retiraba apresuradamente la vista cuando él se volvía hacia ella, evitando el cruce de miradas. Esa mujer se había empeñado en hacerlo pasar por enajenado, en tratarlo como a un niño. Carmen dedicaba las noches a terminar trabajos domésticos para Berta, que eran la excusa perfecta para no acompañar a su marido a la cama cuando éste se retiraba. Las conversaciones de alcoba quedaron canceladas a perpetuidad. Para Carmen eso supuso un alivio, para Emilio fue el empujón que le introdujo de lleno en ese mundo de luces y sombras, las proyecciones de sus terrores y penas que habían tomado forma de figuras de fría piedra.

El dedo encendido

El artista no había vuelto. Lo hacía a menudo; se marchaba y la dejaba allí, desamparada, sin un brazo que pellizcar ni una mejilla que morder. Hablaba consigo misma, se decía que él volvería como hacía siempre, pero su voz débil retumbaba en las paredes manchadas de aceites y pigmentos de aquel ático en el que hasta hacía poco había vivido con él. Ella era su Musa. Había inspirado los lienzos más arrebatadores que habían salido de los pinceles de aquel hombre del que sólo quedaba la ausencia. Su dolorosa ausencia. Lo que esperanzaba a la Musa era que, en su marcha, el artista no se había llevado su pertenencia más preciada: una caja de hojalata en la que guardaba fetiches y recuerdos.

Miró el reloj que estaba sobre la mesa y decidió que podría matar unas horas preparando la cena, aunque no tenía apetito y era pronto. Llenó un cazo con agua y echó un hueso de ternera, un poco de zanahoria y una patata que partió en cuatro partes, hincando el cuchillo y arrancando los pedazos. Se sentó a esperar, con la mirada perdida y unos párpados inertes que vibraban ligeramente al ritmo del chup chup de la cazuela. Se culpó una vez más y acercó la mano al infiernillo de gas. El dolor la hizo despertar de su letargo, se había quemado el dedo. Lo introdujo en el hueco de sus costillas, buscando el nudo en la boca del estómago, pero no sintió nada. De nada servía maltratar su ya maltratado cuerpo. Sentía deseos de lanzarse por la ventana, pero deseaba hacerlo de forma teatral, contoneando sus caderas como cuando recorría el cable; elevar el pie derecho más allá de su cabeza, sentarse en el alféizar, arquear un brazo y dejarse llevar por la gravedad. Ni para eso se valía por sí misma, así que decidió tumbarse en el colchón y esperar a que el caldo estuviera listo. Su vida no siempre había sido así, pensó, hubo un tiempo en el que fue feliz. No, en el que deseaba ser feliz, se corrigió, y aquel deseo era lo más parecido a la felicidad que conocía. Deseó la felicidad cuando no sabía nada, cuando la vida era un horizonte blanco y luminoso que la cegaba y todo estaba por hacer.

Su infancia no había sido especialmente alegre o esperanzadora. En la montaña las condiciones de vida eran duras y apenas pisó la escuela del valle; sus padres la sacaron pronto. «Con que sepa leer letras de cambio y contar ganado es suficiente», justificaba su padre. Su madre no replicaba, bastante tenía con contar los garbanzos que se perdían entre los surcos de su mano. Tampoco la niña encontraba especial interés en la idea de asistir al colegio, pero las horas que pasaba allí, alejada de la mediocridad de su hogar, la ayudaban a fantasear con otros horizontes. Así sembró en su mente la idea de viajar, de alejarse como fuera de tanta penuria moral.

Un día de octubre llegaron a la vega muchos carromatos. Eran cómicos, o eso decían las letras pintadas en las caravanas. El ruido y el colorido de sus carteles atrajeron a la multitud. Era mediodía y los chiquillos del colegio estaban ya en la calle, tomando los últimos rayos de sol que verían antes de la llegada del invierno. No era habitual que gentes del circo o artistas ambulantes visitaran aquella zona. La visita, en realidad, se trataba de una parada para repostar en medio del camino. Sería otra ciudad, más grande y más al norte de la región, la afortunada que recibiría a estas gentes tan llamativas.

La muchedumbre observaba el ir y venir de jarras de leche fresca y botijos, asnos y percherones, cestas de mimbre con hortalizas y demás vituallas. La niña estaba entre el tumulto y, como los demás, no podía ocultar su asombro al ver el espectáculo improvisado que ofrecían aquellos forasteros.

—Qué bonita es la mujer de rojo —cuchicheó una de las niñas—. ¡Debe de ser primera actriz! —volvió a apostillar haciéndose la entendida.

—¿Qué sabrás tú? —dijo una señora junto a ellas.

—¡Madre mía! —exclamó un señor con boina.

Y la que algún día sería musa miró con detenimiento la escena. La mujer de rojo estaba apoyada en un remolque, fumándose un pitillo ociosa y ajena al revuelo que provocaban. Entre calada y calada se atusaba la melena con la mano o se subía la media de forma vulgar, hasta más allá del muslo, sin molestarse en ocultar el gesto. A pesar de tanto descaro, aquella mujer le pareció hermosa y elegante. Y libre, lo suficientemente libre para esperar allí sin hacer nada, esperar a que todo estuviera listo y pudieran retomar el camino.

Lo recordaba perfectamente porque fue el día que tuvo el período por primera vez. Dos años después, en su decimoquinto cumpleaños, la muchacha amaneció antes que el sol, como cada día, y sin hacer ruido salió de la casa y se acercó al establo. Orinó en la tierra y se lavó la cara en una palangana que recogía el agua de lluvia. Se miró las manos y vio las manos de su madre: secas, áridas como la tierra en agosto, rojas y encalladas. La miseria que la rodeaba estaba comenzando a devorarla, notaba el avance en cada latido de su corazón, en cada palabra que pronunciaba con una voz baldía como una piedra y dócil como una de sus vacas. Recordó aquella escena, la mujer de rojo apoyada en la caravana, sin otra cosa que hacer que dar caladas y dejarse mirar.

No fue ese día, sino una semana después cuando reunió todo su valor y sus pocas pertenencias en un petate: ropa limpia, un poco de comida y algo de dinero, el poco que había ahorrado, y marchó a pie, a través de las montañas, hasta el pueblo más cercano.

Llegó a la villa a las once de la mañana. A esa hora sus padres ya se habrían hecho a la idea de su marcha, tras gritos, lamentos y una

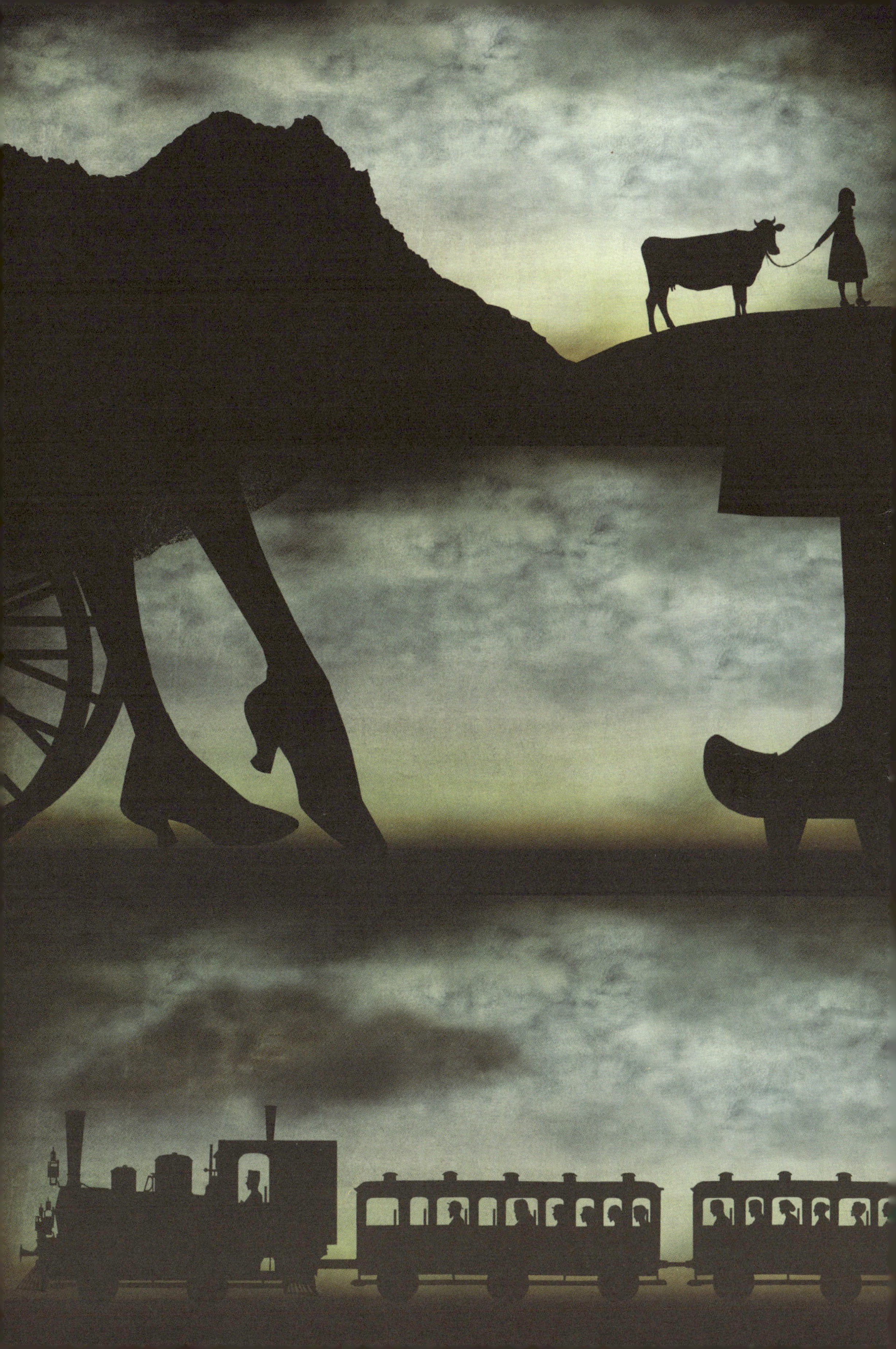

carta hecha pedazos y que arrojarían a la lumbre, una nota con cuatro líneas escritas con una caligrafía infantil que su madre no habría podido leer y que su padre habría recitado con dificultad, espaciando cada sílaba.

Preguntó por un billete para viajar en el próximo tren que fuera a la ciudad. El interventor dio un precio que a la joven no le dijo mucho; no tenía costumbre de manejar dinero, ya que las compras las hacía el padre y tampoco tenía noción de qué era mucho o poco en materias tan alejadas del ganado o la pitanza. Se lo preguntó al empleado: «Eso ¿es mucho o poco?». El hombre respondió alzando los hombros y las cejas al mismo tiempo. La joven vació el monedero en la misma ventanilla, apartó los dos billetes doblados que tenía y miró cada una de las monedas. Reunió el montón que sumaba la cifra que el empleado le había dicho y guardó el resto de nuevo en la cartera.

El tren se detuvo en la estación y la joven entró a hurtadillas, con la cabeza baja, pues a pesar de que la posibilidad de que algún viajero la conociera era remota, sospechaba que su rostro reflejaba la traición que estaba infligiendo a su familia, el abandono sin salvoconducto ni la venia de sus padres. Una vez en su asiento sacó el billete, lo besó y lo apretó contra su pecho. A partir de ese momento juzgaría el valor de las cosas con esa medida como referencia, el precio de un billete de tren.

La sopa ya estaba lista. Se levantó del colchón ayudándose de una muleta y apagó el infiernillo, luego salió del estudio y se asomó a la barandilla en silencio, buscando con la mirada al artista, fantaseando con la idea de verlo llegar. Otras veces lo había visto atravesar el vado de la puerta donde terminaba la escalera de servicio, pero esta vez no vendría, lo sabía. Encendió un cigarro y se asomó a la barandilla para contemplar el movimiento de las luces que se proyectaban sobre el mármol del portal cada vez que pasaba una nube bajo la luna.

Martes

Las flores de mimosa

María golpeó la puerta y esperó mirando al suelo. Se dio cuenta de lo poco lucidos que estaban sus zapatos y de lo cuarteada que estaba ya la piel. Últimamente se había descuidado mucho. Giró el pie derecho y comprobó que hacía falta repasar la pintura roja del tacón. Resopló y asió con ambas manos el paquete cuidadosamente envuelto en papel de seda. Golpeó de nuevo. Comprobó la hora en el reloj de pulsera, nueve de la mañana, no era demasiado pronto y sabía que la casera madrugaba mucho. Golpeó una tercera vez y cuando se disponía a marcharse escaleras arriba Berta Noriega abrió la puerta de servicio, la que daba a la cocina, con un pitillo en la mano. La dejó pasar por debajo de su brazo mientras sujetaba la puerta para luego cerrarla tras de sí.

Indicó a la joven que se pusiera cómoda en una silla y le ofreció caramelos de miel, una copa de anís y un pitillo que la misma Berta encendió para ella. La muchacha aceptó a pesar de que era la hora del café, pensó que aquello le proporcionaría algo de calor.

—Veamos —dijo Berta abriendo el paquete.

Desplegó un tú y yo de lino, cuidadosamente bordado con flores de mimosa y acompañado de sus dos servilletas. Era un trabajo impecable, costaba creer que hubiera salido de las manos de aquella muchacha que, poco a poco, se había dejado arrastrar por las sombras que ahora anidaban bajo sus ojos. Mientras, María consumía su cigarro alternando las nerviosas caladas con breves sorbos del dulce licor.

—Es un buen trabajo. Es para una pareja enamorada, les gustará. Lo que te debo de esto te lo cobro como parte de la renta que me debes —dijo Berta.

María bajó la mirada y tras apagar el cigarro con un gesto tembloroso se levantó de la silla y se dirigió hacia la salida.

—Últimamente estoy algo cansada, no es nada grave, pero trabajo despacio. De momento sólo puedo pagar esto. —María le ofreció a la casera algunas monedas—. Ya sé que no liquida mi deuda. Me preguntaba si hay alguna otra forma de cubrir lo que me queda de renta. —La voz de María tembló.

Berta no respondió, aceptó las monedas y, sin despegar la mirada del mantelito de lino, abrió la puerta de servicio y se despidió de María con una sonrisa cortés.

La joven subió un piso más y golpeó suavemente la puerta. Pasaron unos minutos antes de que Vicente la abriera con un dedo sobre sus labios y susurrara:

—¿Vienes a que te cuente cómo la tía Adela bajaba desde su marco al de mi padre cada noche?

—Sí —respondió María.

—Pues pasa. Mi padre está en la oficina y mi madre se está dando un baño, no creo que salga en un buen rato. ¿Me has traído caramelos?

—Estos pocos, son de miel. —María le ofreció el puñado de dulces que acababa de arramblar en casa de Berta y los dejó en su mano.

—Bueno, está bien. Pasa por aquí, vamos al salón, que es donde sucede el romance secreto.

El niño le indicó a María que se sentara en una butaca con patas de cabriolé, y ella le observó paciente mientras el chiquillo cerraba las pesadas cortinas, encendía unas lámparas pequeñas que había repartidas en cada uno de los muebles auxiliares del salón, creando un ambiente íntimo muy propicio para la sesión de guiñol que tendría lugar a continuación. El niño adoptó una pose teatral junto a una de las paredes, carraspeó y cogió el retrato de la casa de verano de la familia López.

—La joven Adela y su familia iban al mar cada verano, al igual que lo hacía el joven Roberto y la suya. Ambas familias se visitaban con frecuencia y organizaban comidas y veladas en sus respectivas casas de campo. Los dos niños jugaban despreocupados cada verano y lo siguieron haciendo con el paso de los años. El primer beso, con sabor a heno y salitre, no fue inesperado, ni los sobresaltó. El segundo beso no supo a campo ni a mar, pero llegó de forma tan fácil que se asustaron. El tercer beso tuvo el sabor de la dificultad, y el cuarto fue de despedida. Roberto tenía que casarse con la mujer que sus padres habían elegido. Ambos se resignaron durante un tiempo, pero Adela dio un paso que la uniría para siempre a la familia de él, se casó con Alfredo, el hermano de Luisa, la prometida de Roberto. Fue un gesto de amor que Roberto sólo supo corresponder con tímidas sonrisas que reflejaban la felicidad que lo inundaba. Cuando cada uno de ellos fue colocado en sus respectivos marcos, Adela y Roberto se miraron desde la distancia de sus familias. Al principio se contentaron con esas miradas a través de los cristales. Una noche, en la que todo el mundo se había acostado, Adela desprendió la tapa de su marco y fue bajando poco a poco, dando silenciosos saltos de retrato en retrato. Atrás dejó a Alfredo y a su hijo, dormidos, en la casa de campo color sepia, y emprendió un camino hacia el marco de Roberto. A esta noche le siguieron muchas otras de oscuros abrazos tras los marcos de familiares dormidos.

»Una mañana, Adela despertó en el suelo, cubierta de cristales partidos y diminutos brillantes de vidrio clavados en sus mejillas. El

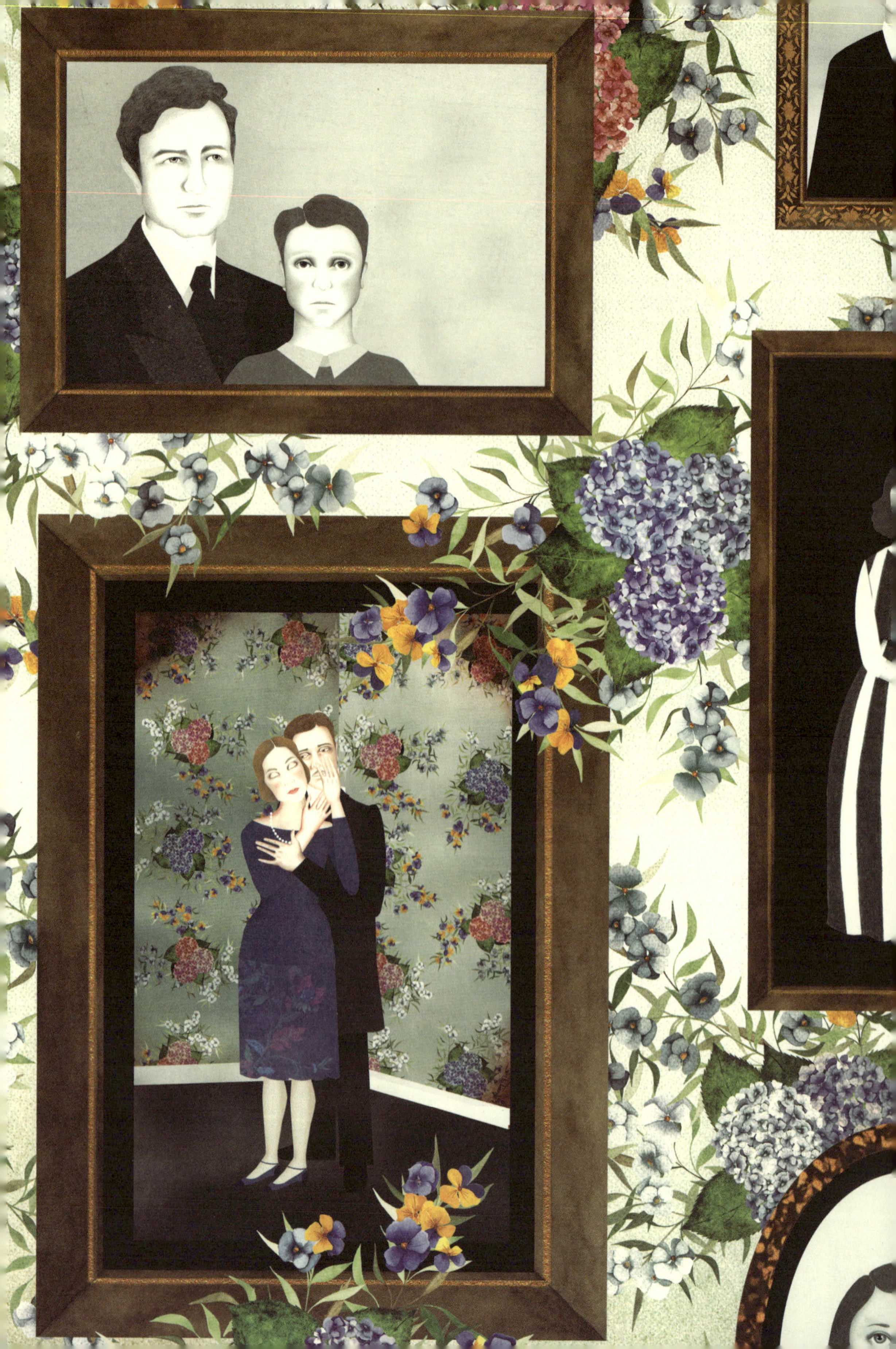

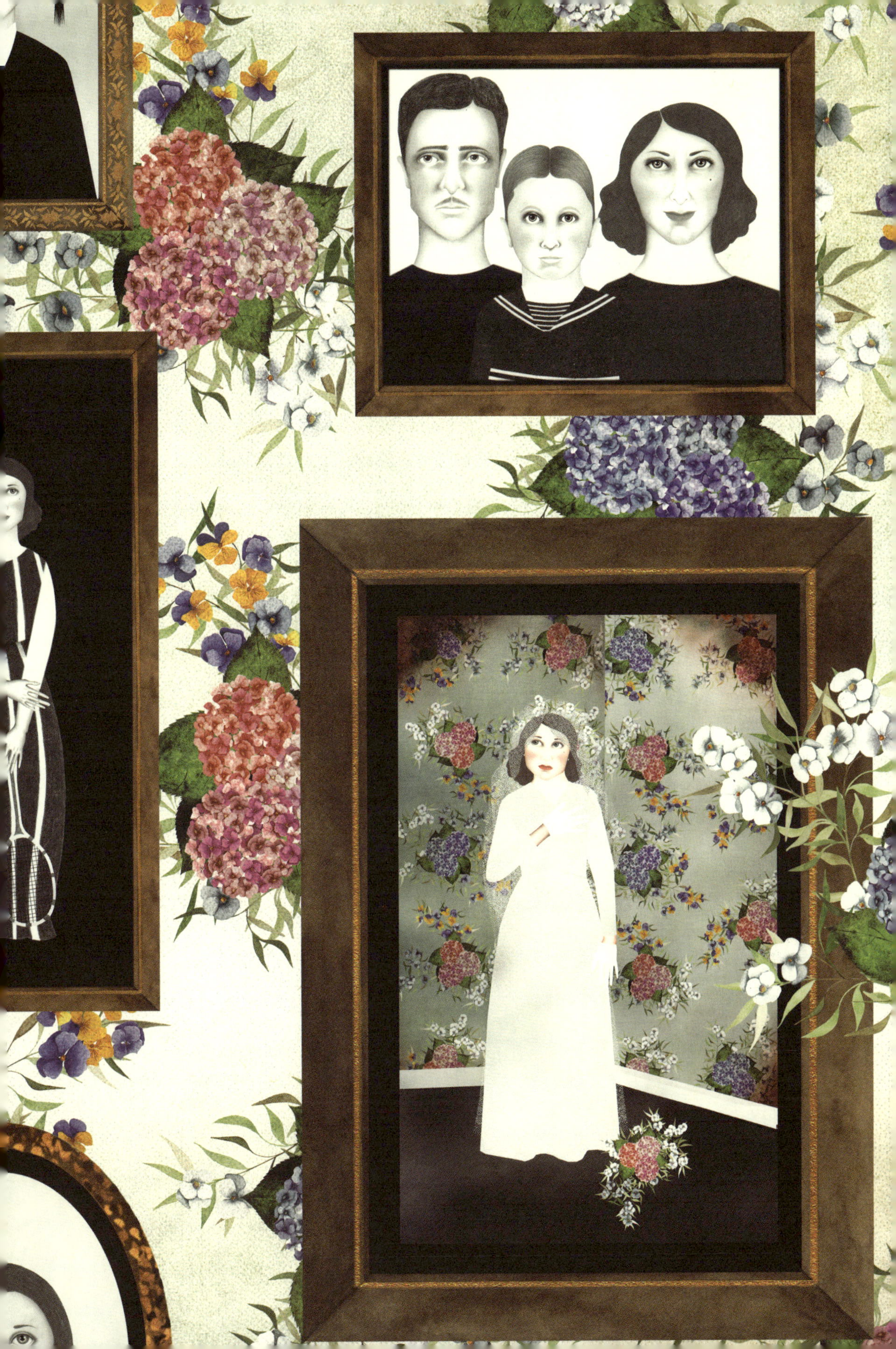

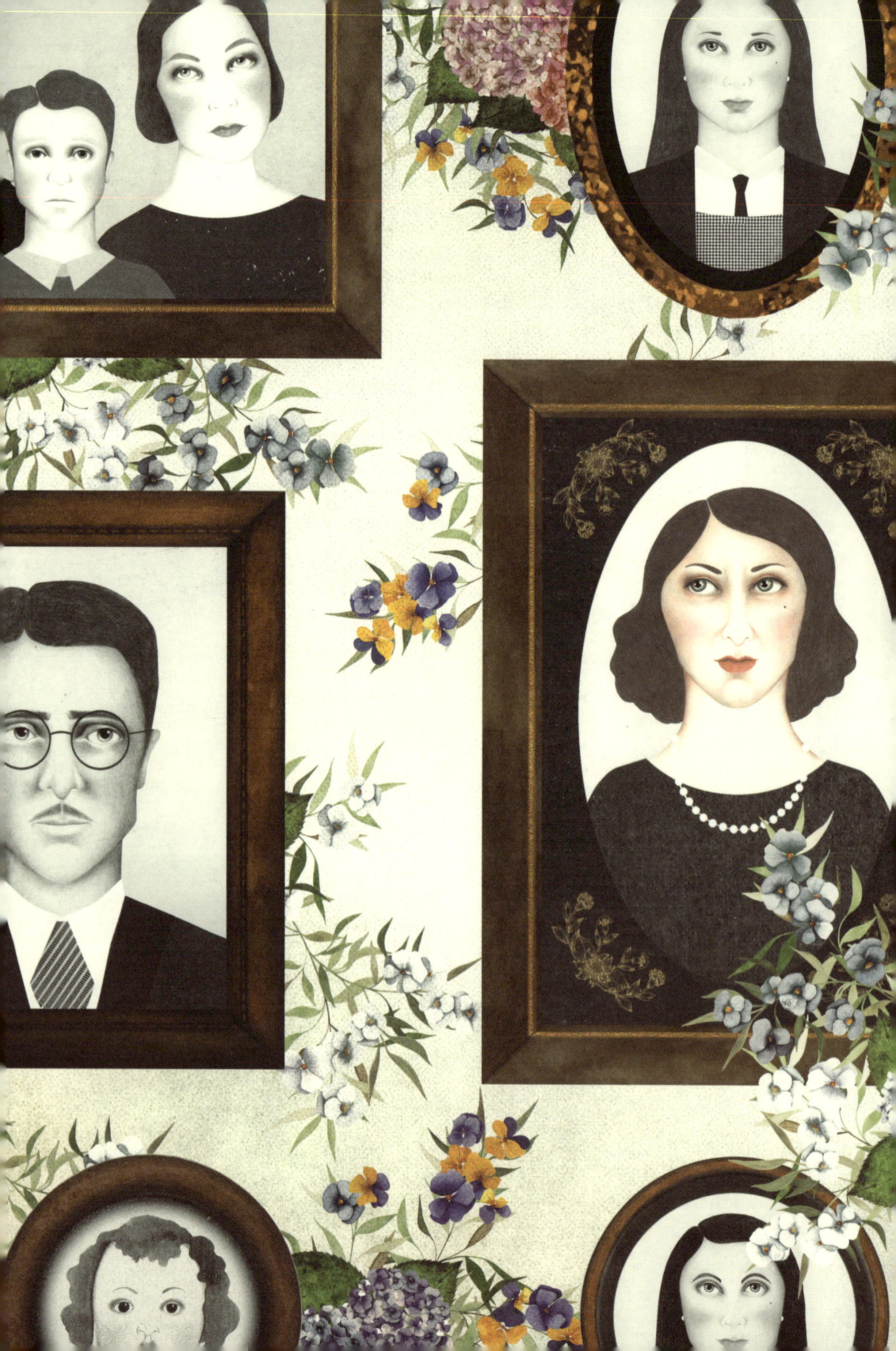

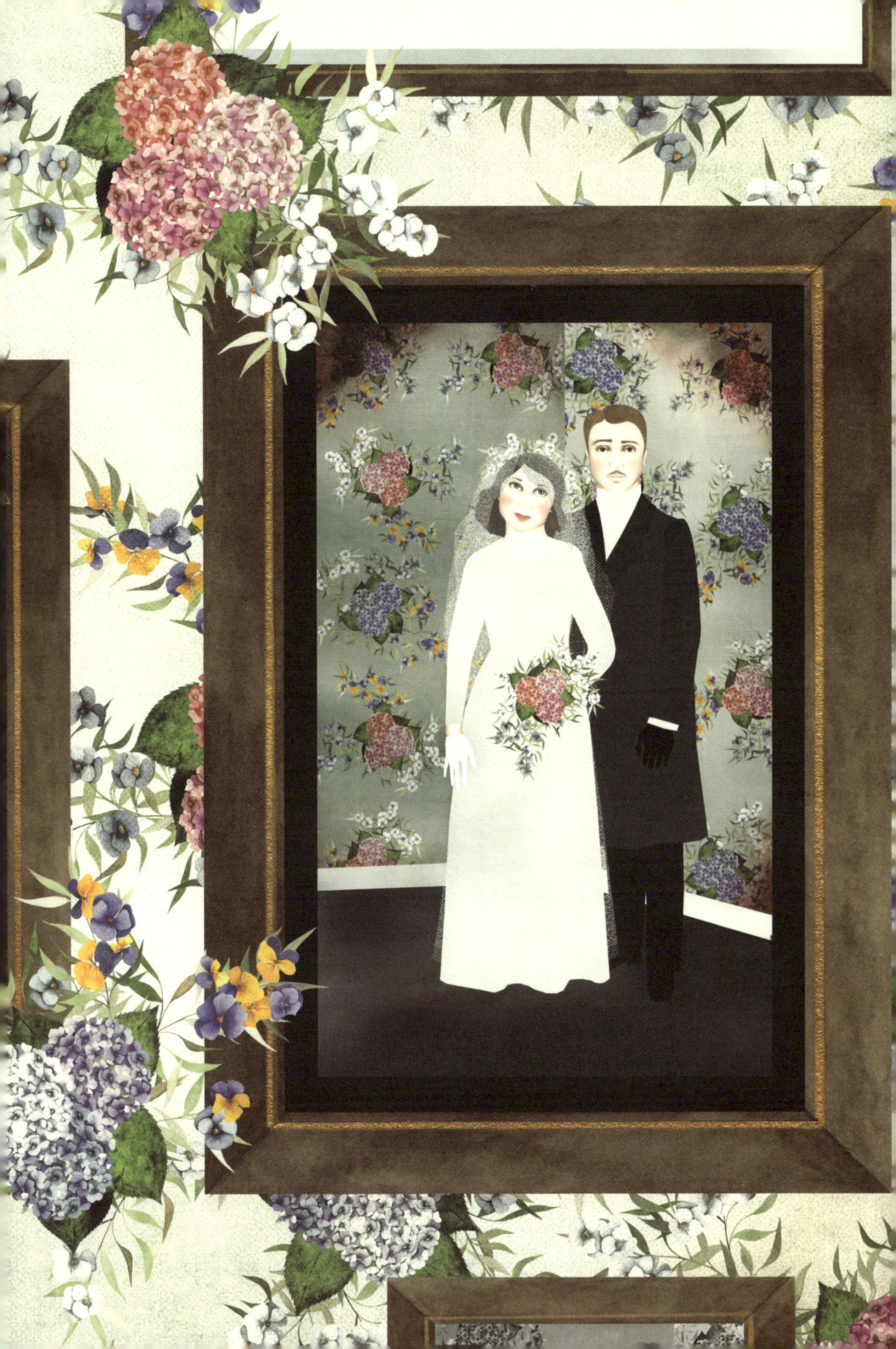

lugar de la pared que había ocupado hasta ahora no estaba vacío, sino que lo ocupaba un retrato de estudio de Luisa, rodeada por un ornamento negro y enmarcada en carey. En pocos segundos, sin saber cómo, terminó en un recogedor de basura. Allí permaneció hasta que una mano la salvó en última instancia de caer sobre una montaña de mondas de patatas. Cuando volvió a abrir los ojos allí olía a madera, a tinta, a papel y a Roberto. Estaba escondida entre papeles dentro del cajón de su mesa, en su despacho, y cada noche él acariciaba su cara llena de muescas.

María relajó los hombros y parpadeó. No podía dejar de mirar aquellos marcos, mientras se preguntaba qué habría decorado aquellas partes de la pared, relegadas al fondo del salón, donde ahora no había nada, y se adivinaba la antigua presencia de otros marcos.

—Otro día te contaré cómo Adela llegó del despacho de mi padre a esconderse detrás de esa fotografía de los perdigueros, y algo sobre mis abuelos y sobre esos marcos que ya no están —dijo el niño señalando la pared que miraba María—. Pero tendrás que traerme algo más que caramelos de miel.

—Lo intentaré —respondió María.

Al emprender el camino de vuelta por la escalera principal, María notó un calambre en el vientre y se detuvo en el descansillo de su piso. Colocó la mano en la barriga y se la frotó con la esperanza de que el calor la ayudaría a calmar el dolor. Esperó a que pasara, detenida en la misma posición, con una pierna en el escalón número once y la otra alcanzando el número doce. El dolor cesó poco a poco y reemprendió la marcha hacia el tercer piso ayudándose de la barandilla para avanzar. Era aquella criatura que crecía en su interior sin que ella percibiera su avance, imaginaba cómo empujaba sus vísceras y conquistaba un poco más de espacio en su cuerpo, convirtiéndolo en su dominio. Los músculos del abdomen le tiraban y parecían estar a punto de partirse mientras la tripa abultada asomaba cada día un poco más entre las costuras de su ropa. El pecho pesaba y dolía, apresado dentro de una tela de araña de venas azules. Aquello que medraba en sus entrañas lo hacía sin su beneplácito, como lo hace la hiedra junto a una fachada cuando pasa de ser un brote en la tierra para convertirse en un zarzal agarrado a la pared, clavando sus espinas en la piedra, cercenando la estructura, hasta que ésta se parte y se dobla. De nuevo sintió otro pinchazo en el vientre. Oyó unos pasos en el piso de abajo y miró por la barandilla. Aquel pesado olor a alcanfor y almizcle le anunció la presencia de Ruballo acercándose. Se sintió mareada y se apresuró a abrir la puerta de su apartamento. Una vez dentro María se volvió para cerrar la puerta y su vecino, que ya había alcanzado el tercer piso, la saludó sin despegar los labios y se quedó quieto en medio del descansillo, mirándola, hasta que ella cerró la puerta.

María se sentó en la butaca, junto a la cama, de espaldas a la pared. Alargó una mano y del mueble costurero sacó la labor que tenía que entregar esa misma tarde en el taller de costura donde recibía encargos, un mantel de lino con ramas de naranjo en cada esquina. Estuvo trabajando el resto de la mañana, alternando puntadas con pinchazos, hipnotizada por la estela que trazaba el hilo al emerger de la tela, ora arriba, ora abajo, hasta que se dio cuenta de que donde debía haber ramas con flores de azahar y algún bodoque naranja, había bordado zarzas con hojas espinosas. Tuvo que deshacer todo el trabajo, cortando cuidadosamente el hilo que tejía la zarza para no malgastarlo. Cuando por fin pudo retirarlo todo, descubrió que el lino estaba plagado de pinchazos que abrían el tejido, por lo que resultaría muy difícil bordar encima. Se quedó dormida con la tela maltrecha sobre su regazo.

Pespuntes

Ruballo les había abierto el local a los muchachos de la cuadrilla al amanecer. Habían comenzado juntando en un montón toda la basura que encontraron en el suelo, acto seguido dos mozos se encar-

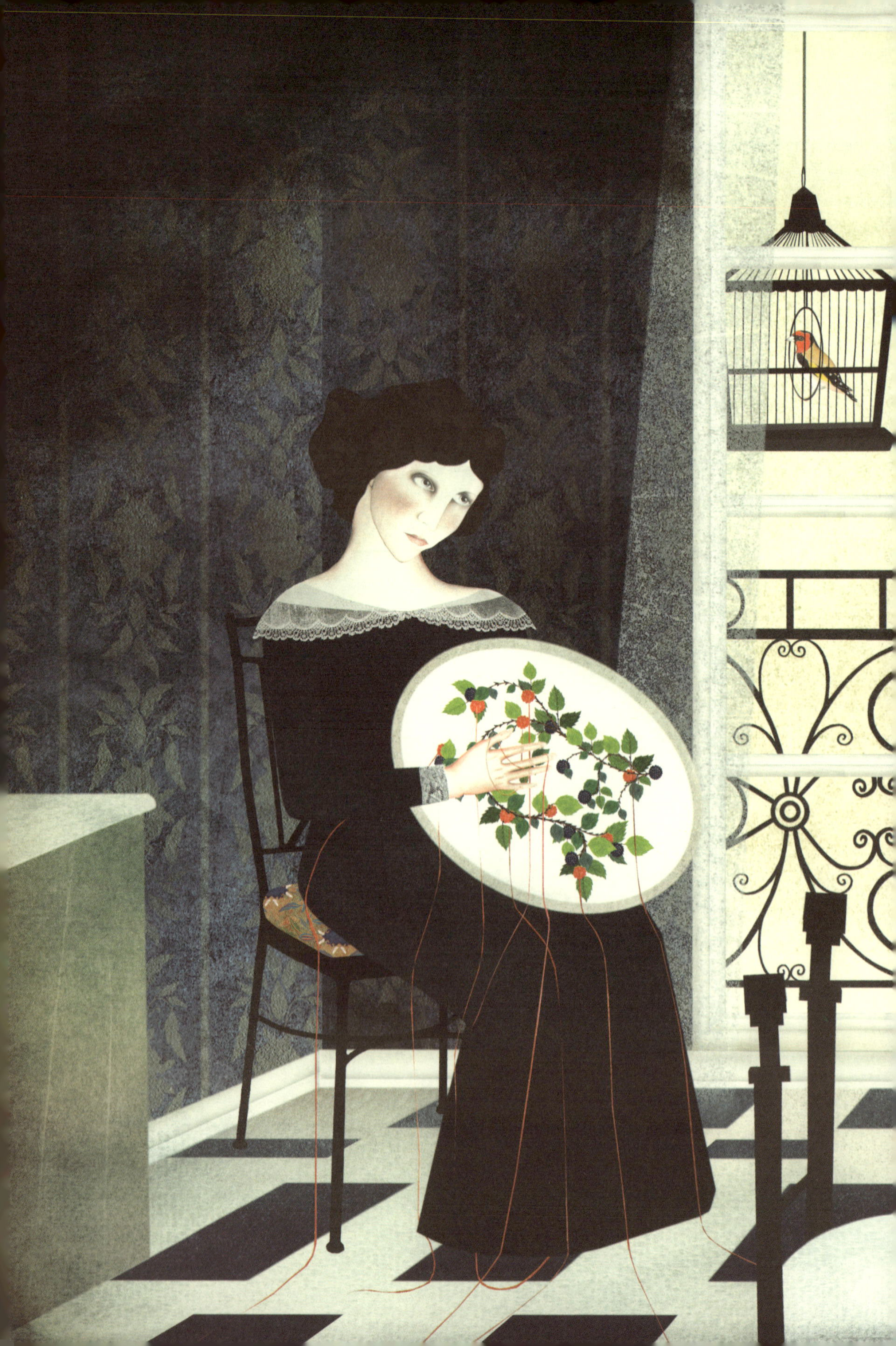

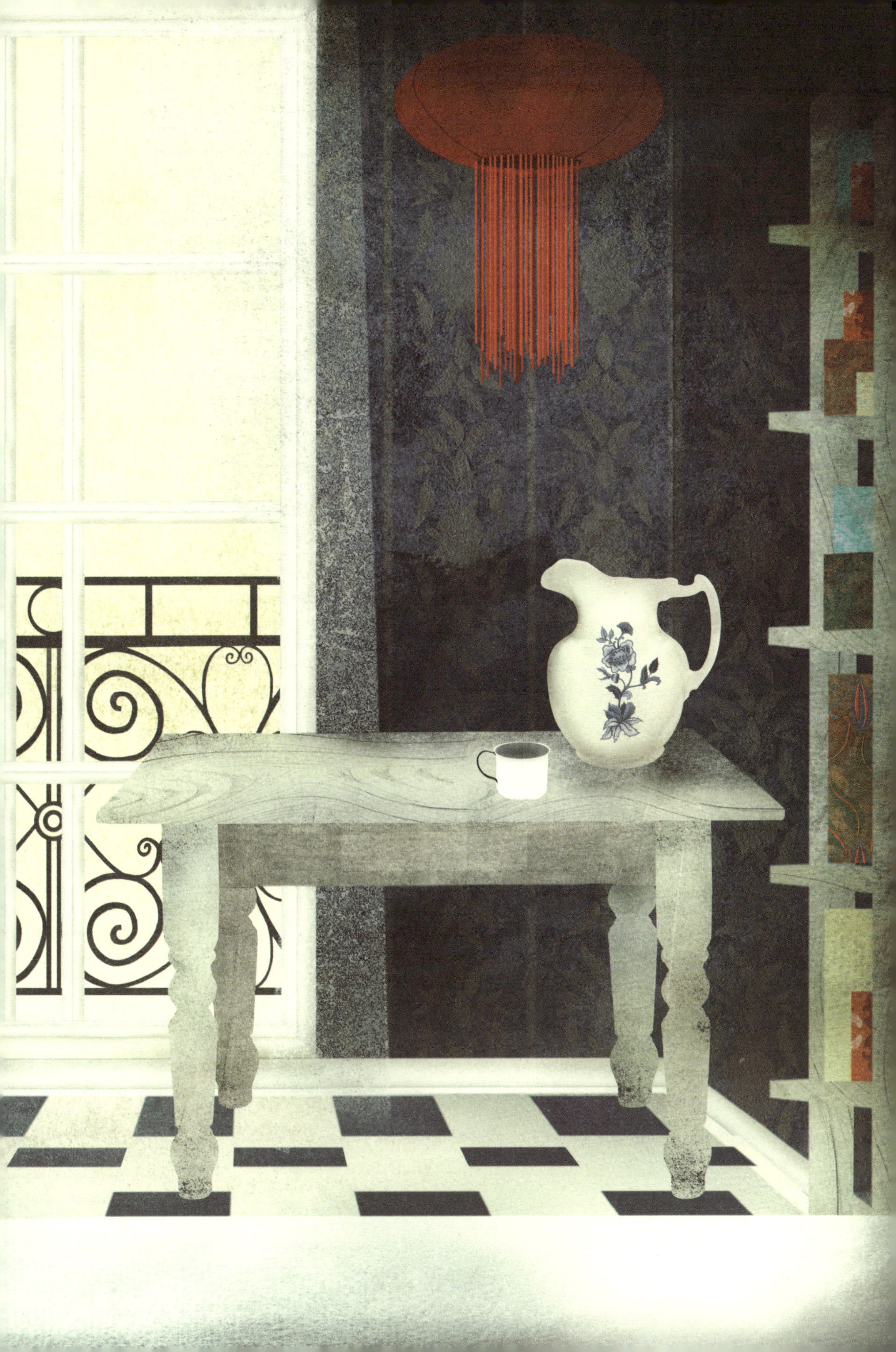

garon de alisar las paredes y prepararlas para el posterior encalado. Otros dos se entretuvieron lijando a conciencia los marcos de los escaparates, hasta dejar una superficie lisa que más tarde recibiría una o dos manos de pintura. Eran unos escaparates inusuales en un comercio de piensos, en forma de medio hexágono que rodeaban la entrada de la tienda. Los propietarios habían asegurado que la instalación eléctrica se encontraba en perfecto estado, pero al retirar los cables que colgaban de las paredes empapeladas se habían dado cuenta de que algunos de los hilos no tenían buen aspecto. Prefirió asegurarse de que la electricidad fluía sin obstrucciones antes de colgar su lámpara de bronce, una araña barroca de filigranas vegetales con cuatro brazos que sujetaban otros tantos querubines. No tenía apenas desperfectos y era una joya que, incomprensiblemente, su vendedor, un chatarrero de mercadillo, no había sabido valorar cuando acordaron el precio. Dio algunas instrucciones y prometió volver a media mañana, había olvidado en casa el dietario con las señas del electricista y otra serie de datos que necesitarían más tarde. Ya en casa, y tras el breve y gélido encuentro con su vecina de puerta, Ruballo se preparó un tentempié y se acomodó junto al agujero. Mientras devoraba con avidez un bocadillo de lonchas de longaniza y una cerveza tibia, contemplaba con atención cómo un brazo fino y flexible subía y bajaba arrastrando un hilo delante del respaldo de una butaca. Era una hermosa danza, una carrera en la que ambos, brazo e hilo, jamás se encontraban.

La llama sobre el alambre

Su cama era un colchón de lana lleno de chinches en el suelo, una manta de gamuza cubría su suciedad, y alguna sábana rota que el ausente artista habría utilizado para hacer más lienzos. Sobre la mesa, una palangana para lavarse la resaca de la cara cada vez que la Musa celebraba su soledad, y una enclenque lámpara que encendía una bombilla con forma de vela. Las paredes estaban forradas de bocetos y apuntes de desnudos, jarrones, árboles muertos y retratos detallados de algún borracho que había posado para el artista tiempo atrás, o tal vez autorretratos del reflejo de él mismo en el espejo. Mirara donde mirase, la Musa le veía a él, le olía a él. Sobre el escaso mobiliario, lienzos y tubos secos de pintura, un helecho reseco y crujiente que la Musa seguía regando daba el toque de naturaleza muerta a la estancia.

Estaba sola, desesperada, sentía ganas de escapar pero se dejó caer en la cama y se contentó con recordar aquellos días en los que creyó entender qué era la libertad.

Se oyó un alboroto y la joven se acercó discretamente a la ventana de su vagón, para ver qué sucedía. Un grupo muy pintoresco arrastraba baúles hacia uno de los últimos vagones y daba voces. Un hombre enjuto y desgarbado agitaba en el aire un saxofón gigantesco de cartón piedra y gritaba a un mozo.

—¡A ver, que en esas cajas hay atrezo muy delicado, un poco de cuidado, chaval! —bramó hasta el ahogo—. ¡Ese baúl va ahí encima! No lo pongáis debajo que se aplasta. ¡Me vais a fastidiar todo el material, hombre, por Dios! —siguió gritando el hombre y lanzó el falso saxofón al suelo.

Uno de los operarios lo recogió rápidamente y se lo quitó de las manos una mujer de abrigo rojo, quien acto seguido comenzó a abanicarse con el instrumento de cartón. Tras ella, un grupo de hombres arrastraban una carretilla con ruedas llena de bultos hasta arriba. El baúl de encima se cayó al suelo estrepitosamente dejando al descubierto un sinfín de botes y frascos, líquidos y polvos de colores.

—¡El maquillaje, las pinturas, todo echado a perder! —gritó de nuevo el hombre desgarbado, al borde del colapso.

Después de no pocos esfuerzos consiguieron resolver la mudanza de equipajes, y los artistas y operarios de la compañía fueron encontrando sitio dentro de distintos vagones. Para su sorpresa, una mujer que parecía extranjera pero resultó ser rubia teñida y de un pueblo de interior y la señora del abrigo rojo se sentaron cerca de ella. Durante el trayecto las mujeres iban cuchicheando y fumando, y la joven creyó oír que les faltaba personal, que un tal fulanito se había marchado y les había dejado abandonados en el viaje de regreso, que todo estaba saliendo muy mal y que Jacinto, el director, estaba desesperado buscando a alguien. La joven se armó de valor y se acercó a las mujeres.

—Disculpen, no he podido evitar escuchar su conversación.

—No te preocupes, niña, tampoco es que la ocultemos. Aquí Pilar habla muy alto —respondió la rubia.

—Verán, he oído que les falta personal para montar y desmontar el espectáculo, y yo creo que podría servir.

Ambas mujeres miraron de arriba abajo a la chiquilla. No era precisamente delicada o enclenque, aunque sí menuda. No estaba delgada; la habían alimentado bien, pero no dejaba de ser una mujer.

—¿Tú? —exclamó la falsa extranjera—. No te veo, muchacha, cargando y descargando baúles que pesan un quintal. Y no creo que haya vacante para fregar; eso ya lo hacemos las artistas... —Riendo, las mujeres volvieron a su conversación.

—Perdonen —insistió—, es que estoy acostumbrada a cargar peso y soy organizada y responsable. Vengo de una familia ganadera y les aseguro que sé lo que es tirar de un carro por un barrizal bajo la lluvia o asistir al parto de una vaca con los pies hundidos en la nieve —exageró la joven—. No me da miedo trabajar a la intemperie, lo llevo haciendo toda la vida —dijo señalando el exterior del tren con el dedo pulgar— y la verdad es que necesito trabajo desesperadamente.

Las mujeres no supieron qué responder, sin duda sus argumentos eran irrebatibles. La miraron de nuevo de la cabeza a los pies sin atreverse a dudar de que aquella jovencita de cincuenta kilos fuera perfectamente capaz de montar y desmontar su espectáculo. Tuvieron claro que huía de algo. Un rato después el director de la compañía escuchó esa misma historia y, aunque dudó por un momento, como necesitaba desesperadamente mano de obra, al final aceptó a la joven como mozo de carga y montaje. Le dio un mono de mahón y le informó de sus obligaciones, que comenzaban exactamente en el mismo momento en que el tren llegara a su destino.

Durante dos temporadas colgó telones y fijó decorados; pintó, reparó y construyó el atrezo para las funciones; ayudó con el vestuario y con el maquillaje de los funámbulos y de los payasos; alimentó a las bestias del espectáculo y limpió sus jaulas e incluso sustituyó al veterinario cuando fue necesario. Al tercer año una de las equilibristas causó baja y se propuso a la chica como suplente, era lo suficientemente joven para aprender y estaba en buena forma física. Así comenzó su carrera sobre el cable de acero.

Su debut fue espectacular. Para ello, cambiaron su nombre y arreglaron el traje rosa de la joven que había dejado la vacante. Llenaron la tela elástica de estrellas y lentejuelas de color rojo, formando llamas de fuego y pequeñas explosiones.

Saltos, piruetas y danzas, poco a poco y con mucho trabajo y tiento, fue perfeccionándolos sobre la línea de metal, hasta llegar a sentirla como un suelo sólido y firme bajo sus pies y manos.

Hacía mucho tiempo que hablaba con el hombre forzudo de la compañía. Pesaba más de ciento cincuenta kilos y era muy alto. Se teñía de amarillo la barba y la melena, y las adornaba con abalorios y huesos pintados. Se oscurecía la piel con ungüentos y aceites, y sobre la pista vestía un maillot de color azafrán que dejaba a la vista prácticamente todo su torso tatuado. Era más orondo que atlético, pero su fuerza física era admirable. No se exhibía con piruetas gimnásticas, aunque lograba largas ovaciones del público alzando en el aire yunques y objetos pesados que luego lanzaba al suelo, fingiendo un rugido, sin trampa ni cartón y sin apenas esfuerzo. Fue en una función donde, alzándola con una mano, le pidió formalmente matrimonio.

La boda se ofició en una de las ciudades donde exhibieron su espectáculo, y fue «feliz» dos temporadas más. Eso es exactamente lo

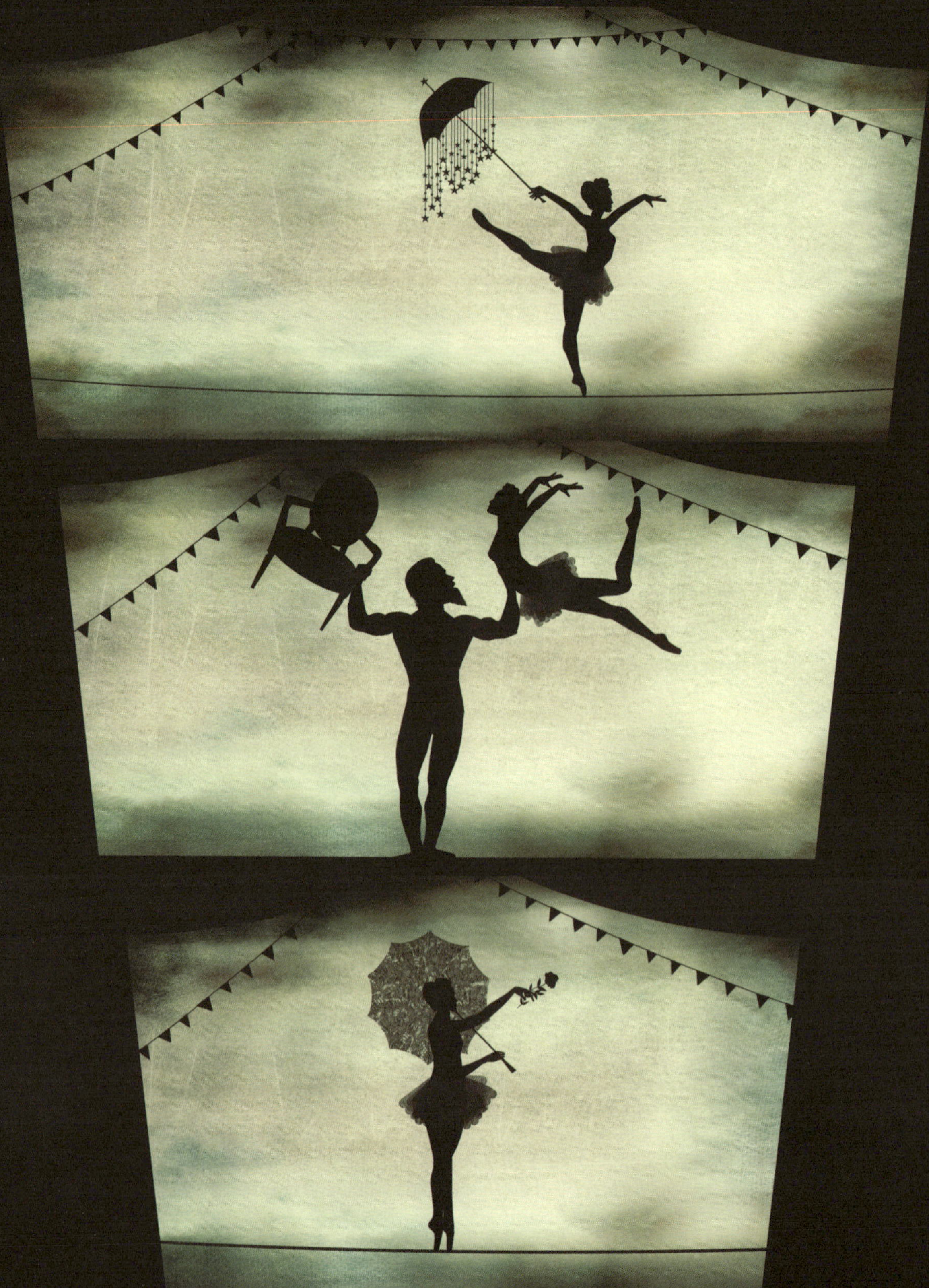

que duró su tranquilidad. Luego el hombre forzudo se cansó de las carantoñas y los mimos, no aceptaba un no por respuesta, y los bofetones e insultos llegaron para quedarse y llenar la rutina de sus días.

Al cuarto año la compañía llegó a una ciudad de costa con mucha industria y porvenir en la que nunca habían recalado. Tenían altas expectativas con la recaudación y decidieron prorrogar el espectáculo unas semanas más. Anunciaban a la estrella del circo con un cartel que rezaba en letras grana LA MUJER DE FUEGO QUE CAMINA SOBRE EL CABLE en un dibujo de la joven envuelta en brillantes llamas de oropel, caminando sobre un alambre invisible y sujetando con una mano un paragüas negro del que llovían hilos de estrellas plateadas, mientras que con la otra mano saludaba con un delicado gesto al público al otro lado del papel. A sus pies, un suelo del que ninguna red la separaba. Los anuncios fueron distribuidos y pegados por las esquinas más frecuentadas de la ciudad y conseguían arremolinar a una multitud de curiosos que comentaban las proezas de la joven, o la belleza y elegancia de sus formas. Uno de esos curiosos vio en aquel dibujo la oportunidad de promocionar y vender el género que él mismo fabricaba, y no dudó en comprar una entrada para una de las primeras funciones y hacer llegar al camerino de la equilibrista una preciosa sombrilla de seda pintada, acompañada de una rosa roja y una breve nota en la que le manifestaba su admiración.

Esa noche la joven paseó sobre el cable con aquel bello objeto y lució la rosa en su recogido. Al término de su función recibió aplausos profusos del público y una paliza de su celoso marido, que creyó ver una infidelidad en aquel regalo.

La noche siguiente salió a escena cubierta de maquillaje y de lágrimas. La pena hacía tiempo que anidaba en su corazón y ya alcanzaba su rostro. Eso fue lo que conmovió a un joven sentado en la primera fila junto con sus alborotadores amigos. El tiempo que duró el paseo sobre el cable, el hombre no pudo dejar de mirar aquel rostro. Esa noche quedó irremediablemente enamorado de ella y se las ingenió para acercarse a la que, desde aquel momento, sería la Musa en sus lienzos, pues era un artista de gran talento, aunque de poca constancia. Las caricias y los amores a hurtadillas que le dedicaba el artista eran el ungüento que curaba sus heridas, el consuelo que poco a poco fue devolviéndole a la joven ese deseo de felicidad. Eran cautos en sus encuentros pero erraron al calcular el riesgo y no tuvieron en cuenta que un marido celoso y posesivo siempre está al acecho.

Cuando «El león más fuerte del mundo», como aseguraba su cartel, los descubrió con las piernas anudadas sobre las hojas secas de un bosque cercano al campamento, comiéndose a besos y a promesas, entendió que aquello merecía la pena capital. Volvió al circo y sin ser visto peló el cable sobre el que su esposa caminaba cada noche, sin red. Así fue como la Musa equilibrista cayó y se partió la cadera ante los gritos y lamentos del público asistente, los llantos quedos de sus compañeros y la carcajada profunda y maligna de su monstruoso marido.

El circo, con la caja de caudales llena, levantó campamento sin ella.

El artista la cuidó y alimentó durante muchas semanas en las que ella no fue capaz de articular ni un lamento. Poco a poco se repuso y se curaron sus lesiones, no así los huesos de su cadera. Se resignó a caminar ayudándose de una muleta y nunca más volvió a dejar que el artista la dibujase bailando sobre un cable. Su traje de llamas y otros recuerdos quedaron guardados en una caja de hojalata, lejos de la mirada de la Musa. Una caja a la que el artista recurría de cuando en cuando buscando recuerdos, brillos y olores.

A pesar de esa amargura, era bálsamo curativo la veneración que el pintor sentía por ella, y que proyectaba en finos dibujos o telas pintadas que luego vendía para pagar el alquiler y la comida. Fue así durante unos años, pero él también se cansó y comenzó a buscar aire fuera de sus vidas, sin disimulos, sin ocultarlo.

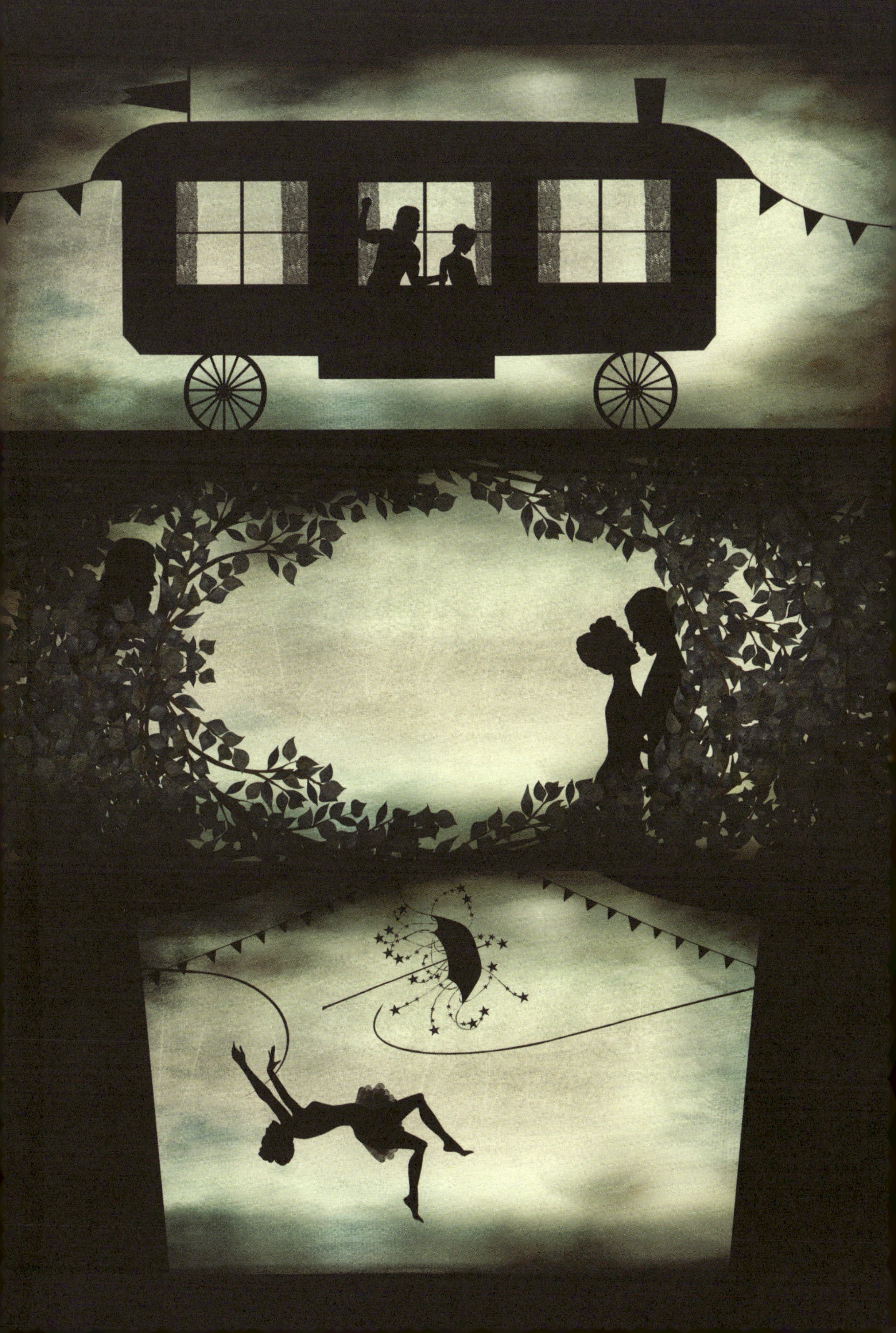

Un dueto

Aunque no era tiempo de torrijas Luisa se había enterado, a través de una de sus amistades, de que en la panadería de cierto barrio despachaban pan rollizo, así que no dudó en ir hasta allí a por dos barras con las que preparó una bandeja bien surtida del dulce postre. Apartó delicadamente cuatro en una fuente con buen fondo para albergar el almíbar y lo cubrió todo con un paño de algodón. Se lo bajaría a Berta en unos minutos. Estaba segura de que su vecina sabría apreciar el gesto y de una vez por todas limarían asperezas. No es que pretendiera una amistad íntima, se dijo Luisa, pero no estaría de más un poco de cordialidad, algo natural entre vecinas; un café con pastas alguna tarde, salir de compras y puede que compartir alguna charla sobre conocidos comunes. Además, había escuchado dos voces susurrantes hacía un rato en el piso de abajo. A buen seguro tenía visita, oía la música, y puesto que había prometido a sus amigas, las señoras de tal y cual, que andaría ojo avizor, podría aprovechar para echar un vistazo, y comprobar si lo que se comentaba era cierto.

Alcanzó a escuchar el piano y el violonchelo, una sonata de Schubert. La *Arpeggione*, sin duda. Esperaría a la segunda parte de la pieza para llamar a la puerta. Se recolocó la chaqueta, estiró su falda, ordenó un mechón de su recogido y, bandeja en mano, bajó los veinticuatro escalones que separaban su casa de la de la soltera. Al llegar a la puerta acercó el oído y comprobó que todavía seguían interpretando el *allegro moderato*, por lo que esperó junto al rellano pendiente de cualquier ruido proveniente de los pisos de sus vecinos, pues no deseaba de ninguna manera que la pescaran de esa guisa y que cualquiera pensara que estaba husmeando.

Por fin terminó la primera parte y Luisa fue a golpear la puerta pero, para su sorpresa, se dio cuenta de que no estaba completamente cerrada y se entreabrió nada más acercar el puño. Empujó ligeramente, con la intención de llamar a su vecina por el nombre y ofrecer tan exquisito presente, pero la música comenzó a sonar de nuevo, esta vez con el *adagio*. Se introdujo con sigilo en la vivienda, sin saber muy bien qué se proponía o qué explicación daría en el caso de que la sorprendiera su casera. Se inventaría algo; que no quería molestar, que sólo quería dejar los dulces para Berta, que encontró la puerta abierta y se preocupó por si pasaba algo dentro, tal vez un caco... Luisa no olvidaba que nadie que ella conociera había visitado ese piso más allá de la cocina o del recibidor que daba a la puerta principal. Ésta era una oportunidad sin precedente para comprobar cómo era el interior de aquella vivienda, si tendría lujos propios de su condición o si por el contrario tenía aspecto descuidado, anticuado y anodino, como ella sospechaba.

Atravesó el recibidor que tan bien conocía y se adentró en un amplio pasillo sin más decoración que la de un reloj de carillón con piezas de un lustroso bronce. Al final de aquel inquietante pasillo encontró una salita anexa desde la que, al parecer, se accedía al salón del piano. Imaginó sus dimensiones porque justo encima se encontraban las de su propio apartamento. Entró con sigilo en la salita y miró a su alrededor. Junto a los sofás, había una butaca baja sobre la que alguien había dejado una pelliza de piel, un bolsito de color whisky, unos guantes y un portafolio forrado con un delicado estampado del que salían los bordes de algunas partituras. También vio dos pares de zapatos abandonados en medio de la estancia, tal y como estaban colocados parecían el patrón para aprender algún baile, un baile que implica cercanía. Un tango, tal vez. Junto al sofá, la mesa baja de caoba albergaba dos tazas de café vacías puestas sobre un fino tú y yo con flores amarillas bordadas, y sus servilletas arrugadas y manchadas de migas y carmín. Al fondo podía ver la cola del piano. El perfume en la habitación era intenso, podía distinguir el tabaco de Berta entreverado con una vibrante esencia floral. De nuevo la música captó su atención.

Reconocía la pieza, la había escuchado muchas veces cuando sonaba en el solitario piano de Berta, pero había algo extraño esta vez y

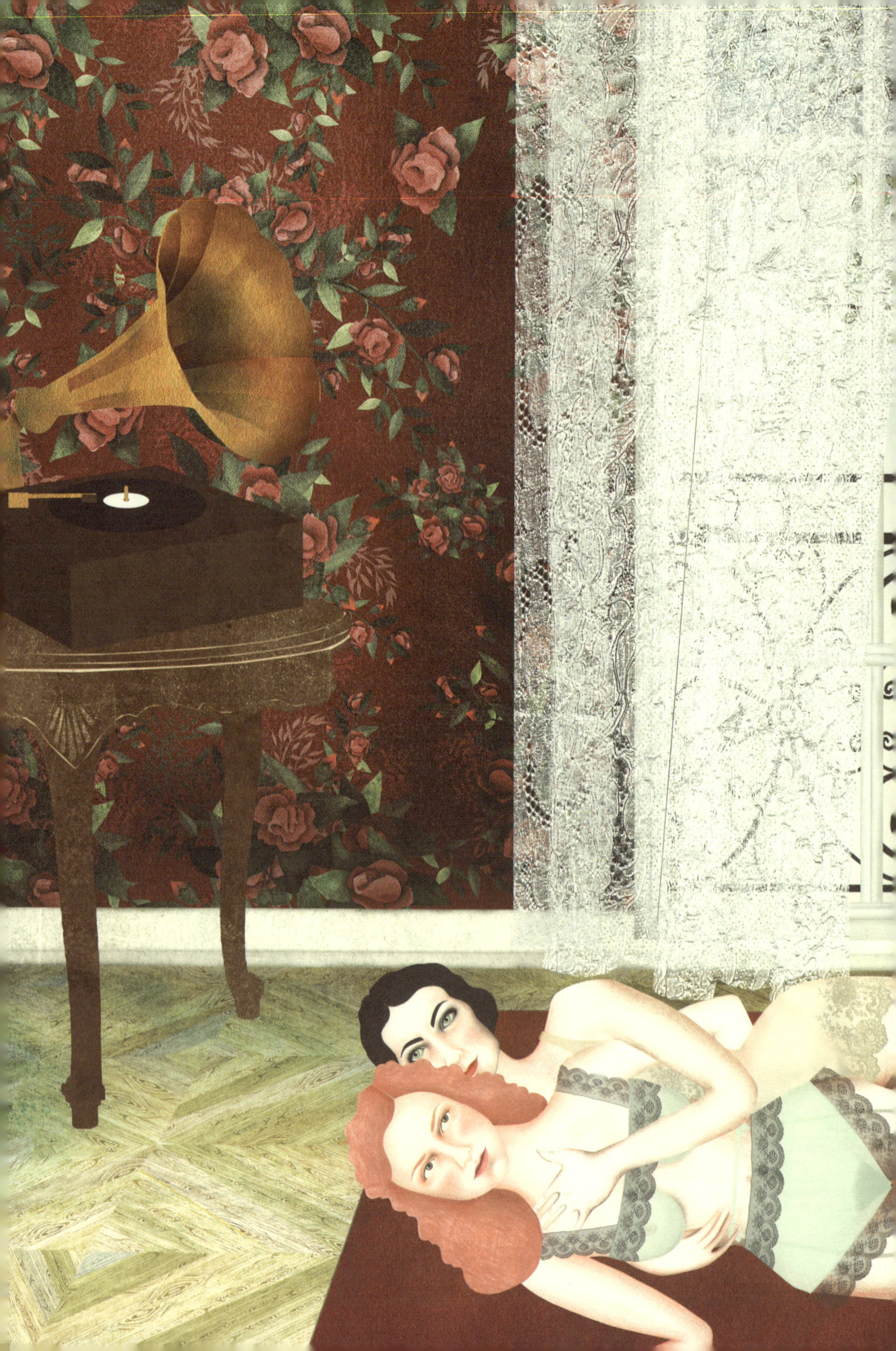

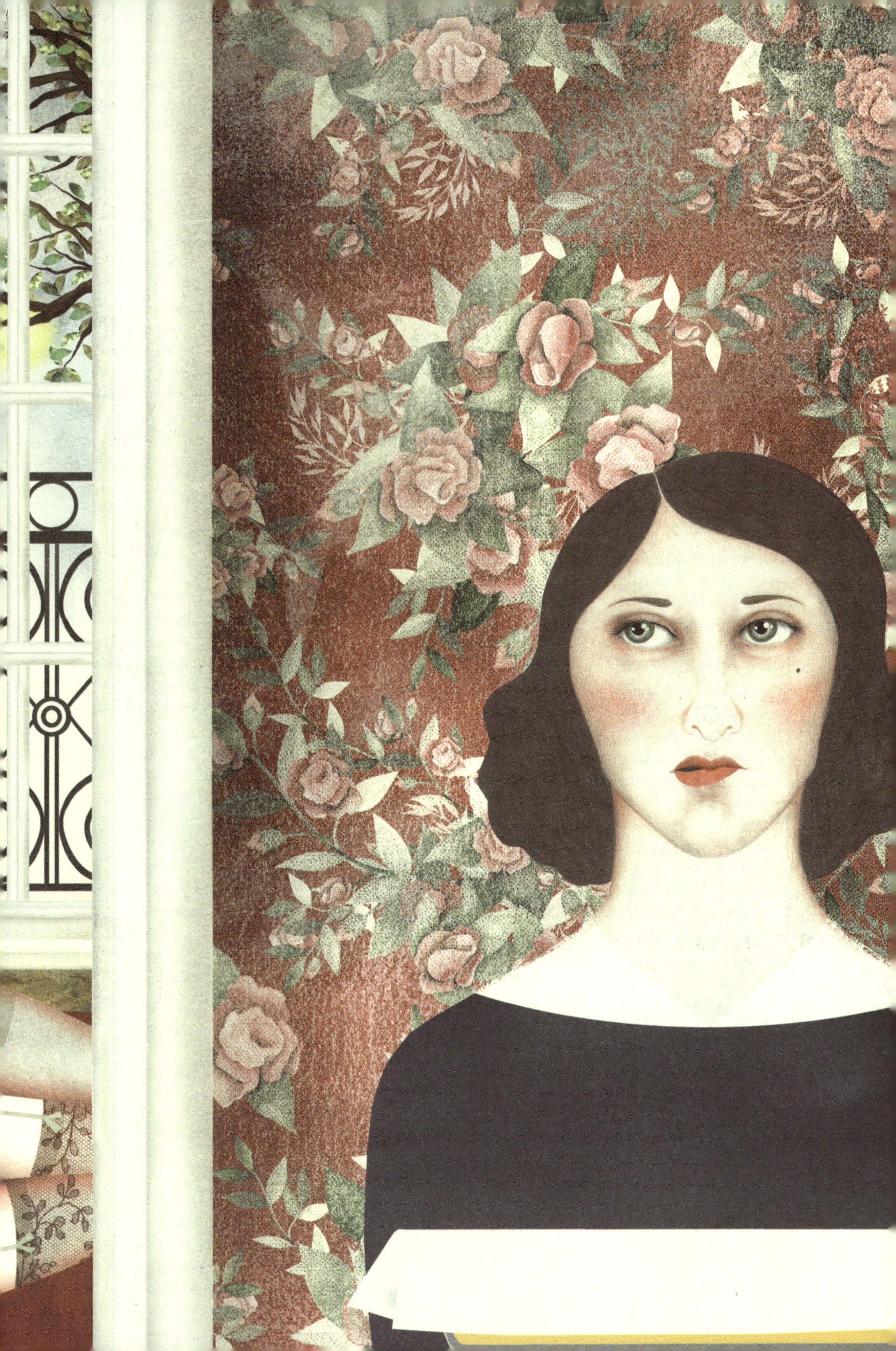

no era por la compañía del otro instrumento. Era esa forma de interpretar, diferente. La música del piano se paseaba por la otra habitación dando pasos ligeros. En dirección contraria, un violonchelo inundaba la estancia, la invadía. Luisa aprovechó para marcharse, sobrecogida y sin percatarse de que con la precipitada huida se estaba vertiendo el almíbar con el que había empapado el pan frito, sólo al llegar a su casa y notar sus pisadas pegajosas se dio cuenta del estropicio.

Berta y Clara se despidieron una hora después con dos besos en la mejilla y un suave apretón de manos en el descansillo. Al cerrar la puerta Berta notó algo pegajoso debajo de su zapato. Identificó el pegote con la mano y buscó el origen. Como la estela de dos caracoles, el hilo la condujo por dos caminos diferentes; la entrada del salón del piano y las escaleras. Siguió la estela de las escaleras y vio que terminaba en la puerta de los López. Bajó despacio los peldaños, pensativa. Al llegar a su puerta siguió el segundo camino, el que conducía al final del pasillo y se detuvo donde terminaba el rastro transparente. Lo probó con sus dedos, reconoció el sabor azucarado y de pronto entendió qué había sucedido.

Desplumar un jilguero

María tenía tanta hambre, tanta, que no podía soportarlo más y arrancó la última pluma sin pesadumbre. Al mediodía había estado en el taller de costura, entregando unos cuellos de camisa con nidos y ojales, y consiguiendo algo más de tiempo para el encargo que había destrozado unas horas antes. Había almorzado lo habitual, un cacillo de potaje que servían a las empleadas y a las externas, como ella, en una sala contigua al taller, dentro de la vivienda personal de la dueña. Había devorado con avidez el plato, untando el pan incluso en el tenedor con el que había comido los trozos de patata que añadían al cocido. De reojo, vio pasar una bandeja de pastas con las que la dueña recibía a dos clientas, y había esperado a que aquella bandeja volviera a la improvisada cocina en el trastero. Lamió las migas y los trozos de almendra que se habían desprendido de la galleta hasta dejar la fuente limpia. Al darse cuenta de que nadie la observaba, rebuscó en los cajones del armario donde guardaban el café y la leche en polvo, y allí encontró una barra de mantequilla rancia, canela y una lata de carne en conserva. Lo cogió todo con una mano y rauda lo introdujo en el bolsillo de su falda. Con disimulo abandonó la cocina, recogió su bolsa de labor y se despidió de todas de forma esquiva.

En el rellano de la escalera, dando la espalda a la puerta del taller de costura y oculta en la oscuridad, abrió la lata enrollando la tapa en la llave de metal y devoró el contenido con un apetito voraz. No alcanzaba a comprender cómo un ser tan pequeño podía provocar tanta hambre. De la mantequilla no dejó más que la estraza que la envolvía y se la comió a mordiscos sin inmutarse por aquel sabor a leche agria. Acercó la canela a la nariz y sin saber muy bien qué hacer con ella, la chupó como si fuera un palo de regaliz, y así abandonó el edificio, con una sed que la apremiaba a llegar a casa.

—Carmen, buenas tardes, ¿me podría dar un vaso de agua, por favor? No llego a casa, qué sed —dijo María asomándose a la portería.

—Claro, muchacha. Entra, entra y siéntate. ¿No te apetece un poco de café? He colado un poco.

—No quisiera abusar, Carmen.

—No es abuso. —La portera le ofreció una silla mientras iba colocando tazas, platos y cubiertos en la mesa—. He hecho para mí y para Emilio, pero no tengo ni idea de dónde está este hombre, qué disparates le entretendrán. Anda, coge un par de tazas y ponlas en la mesa. No tengo más que un poco de pan con mantequilla, ya me gustaría poder ofrecerte algo más. Tienes cara de hambre, ¿has comido?

—Sí, he comido en el taller, Carmen —dijo María sentándose—. No sabe cuánto se lo agradezco.

—Nada, las gracias para los curas, mujer. Te voy a dar un poco de laurel y tomillo, me lo han traído del pueblo y yo no gasto tanto.

—Gracias por todo, Carmen. Se porta usted muy bien. Como una madre. —Se arrepintió al instante de haber hecho esta comparación. Intuía que era doloroso para la portera.

—Quítate el mohín, nena. A estas alturas estas cosas no me afectan lo más mínimo, ya estoy muy hecha. ¿Quieres un poco de coñac en el café? Mira, yo me voy a echar un poco.

Cuando María abandonó la portería, de aquella botella faltaban tres dedos de licor y encontró con dificultad el pomo de la puerta que conducía a la escalera de servicio. Subió como pudo hasta el tercer piso, sofocada y hambrienta de nuevo, con ese vacío en la boca del estómago que no la dejaba pensar con claridad. Dejó las bolsas sobre la cama y miró a su alrededor, tratando de encontrar, sin éxito, restos de comida; un trozo de embutido seco, alguna corteza de queso, pan duro. Recordó con tristeza los caramelos de miel que le había escamoteado a Berta y que luego regaló al chiquillo de los López a cambio de aquel teatrillo. Siguió buscando con desesperación algo que llevarse a la boca y debajo de la butaca encontró el trozo de un barquillo algo mohoso, nada que no se pudiera solucionar restregando el dedo hasta eliminar la capa de putrefacción. El sabor no era malo, pero no era suficiente.

El hambre llegaba ya a su garganta y la agarrotaba sin piedad. Ojalá pudiera alimentarse con la seda o el algodón, o con el alpiste del pájaro. De pronto alzó la vista hacia la ventana y al segundo se avergonzó del pensamiento que había atravesado su cabeza de lado a lado, dejando una brisa fresca y clara detrás. Miró al jilguero, aquel pajarito que cantaba tan mal pero que tanta compañía le hacía. Lo miró sin compasión, tratando de averiguar el cómo sin entender aún el qué. De buena gana se lo comería a mordiscos, pensó con cierto asco. Recordó el laurel y el tomillo, y buscó con la mirada la tartera de barro cocido. Con sigilo se acercó a la jaula y tomó el pájaro con sus dos manos. El animal se asustó pero María consiguió calmarlo acariciándole la base del cráneo, suavemente, una, dos pasadas, y con la mano derecha le partió el cuello.

Se dejó caer en una silla sin dejar de mirar al animal, que yacía sobre sus manos extendidas, y comenzó a desplumarlo, con cuidado de no arrancar nada de su piel, pues era un bocado tan pequeño que desprender algo más que las plumas lo hubiera convertido en una insignificancia. Le abrió la tripa con un cuchillo y vació las minúsculas vísceras. Cortó las patas y la cabeza. Doró en la cazuela un diente de ajo que encontró ya germinado al fondo del armario, lo cubrió con agua y dejó la tartera tapada a fuego lento. Mientras empezaba a hervir, pasó el cadáver del jilguero por una llama de alcohol, lo dejó sobre la tabla de madera y lo abrió a lo largo por la espalda. Después lo aplanó formando un filete, buscó en su bolsillo la rama de laurel, añadió media hoja a la cazuela y un pellizco de tomillo. Salpimentó el guiso y tapó la tartera. Lo dejó cocer despacio, esperando sentada a la mesa y sin apartar la mirada del cuadro con las palabras bordadas: «María, llena eres de gracia». Sólo entonces se dio cuenta del silencio en aquel cuarto, de la ausencia de aquel trino disonante que siempre la acompañaba. Pero era tanta, tanta el hambre, que cuando pudo servir el guiso al plato se olvidó del silencio y de la soledad, del leve crujido del cuello, de los ojos como agujas de sastre, y se concentró en buscar la carne con su tenedor de postre, en desprenderla de aquellos huesos finos que luego partía con el cuchillo y masticaba vehementemente hasta poder tragarlos. Luego comió la salsa con una cuchara, y cuando ya no pudo con la cuchara, limpió lo que quedaba con la lengua. Una vez hubo terminado se tendió sobre la cama y aquel sopor que con tanta frecuencia se apoderaba de su conciencia volvió y la sumergió en un profundo sueño el resto de la tarde y parte de la noche.

De madrugada se despertó desorientada sin saber qué día u hora era, y sólo tuvo fuerzas para tratar de meterse en la cama, vestida como estaba. Aún medio dormida notó un dolor que, aunque parecía repentino, sentía que llevaba con ella un rato. Comenzó como un lati-

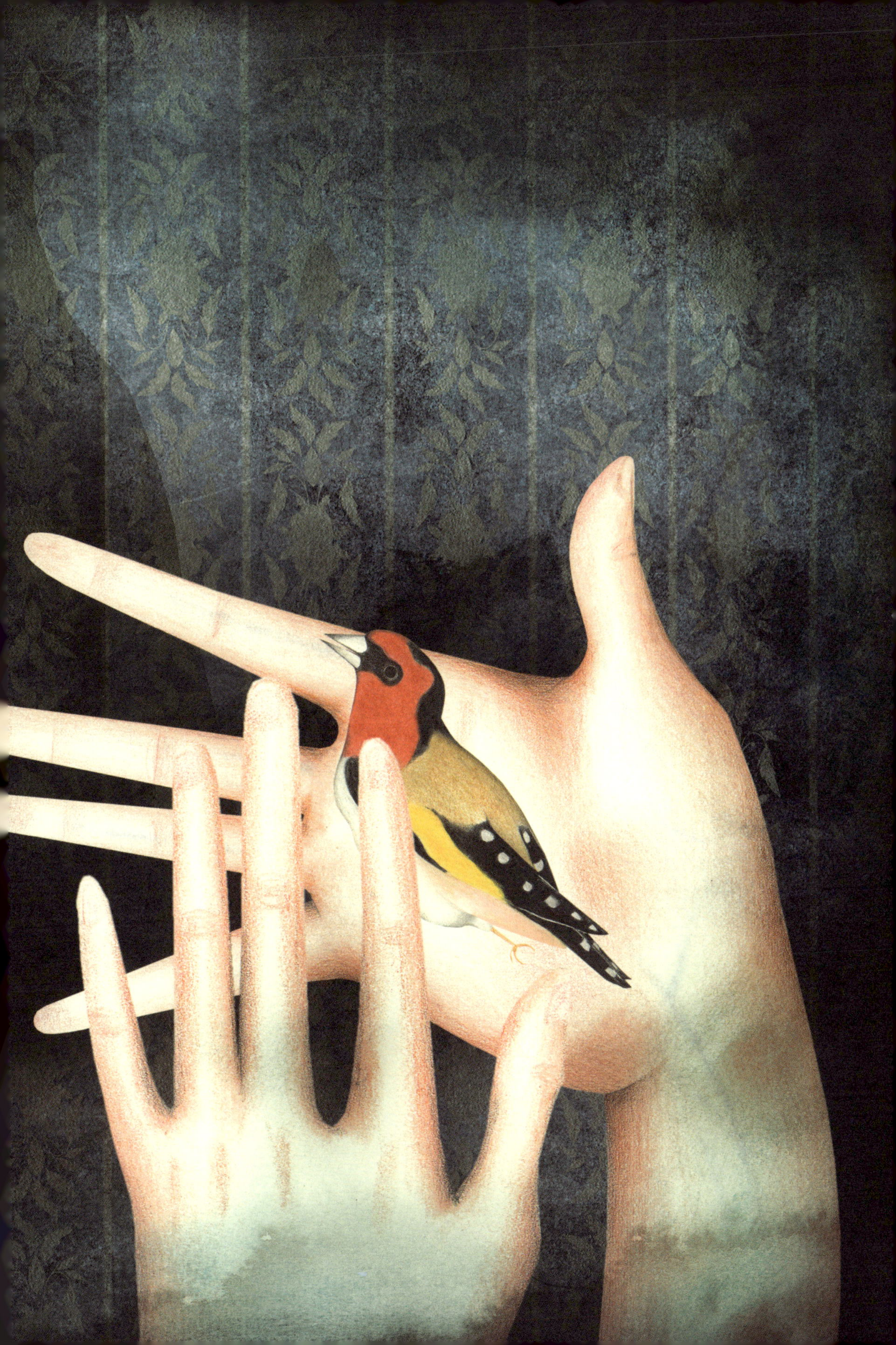

gazo sutil que recorría su cintura desde la espina dorsal hasta el abdomen. Se incorporó tratando ridículamente de palpar el dolor con su mano, y encendió la vela de su mesita, pero estaba demasiado cansada para comprender qué hacía allí sentada, mirándose el vientre, que ya se notaba abultado. Pensó en el jilguero guisado e imaginó enfermedades aviares, parásitos intestinales, penitencias. Se quedó traspuesta, sin cambiar de postura y notó cómo la intensidad de aquellos calambres aumentaba, como aumentaba ese calor que la dejaba sumida en un sudor frío.

Miércoles

Acotando

El local parecía más amplio ahora que habían vaciado el interior. Varios mozos se ensañaban con el empapelado de la pared, despellejándola con energía y arrojando al suelo tiras de un ceroso papel del que apenas se apreciaba ya el dibujo que lo decoraba. Ruballo imaginó aquellas paredes cubiertas con ese azul aciano que guardaba en casa. Años atrás había encontrado en un mercadillo de barrio diecisiete rollos de un lino con buen gramaje para entelar paredes. El papel tenía un motivo adamascado blanco sobre azul que ya no se fabricaba, por esa razón el precio era bajo y no dudó en adquirir esa ganga, sabiendo que algún día le sería útil.

Miró hacia el otro lado, donde otros mozos tiraban una pared al fondo, con rítmicos martillazos, concediéndole así unos metros más de profundidad al establecimiento. Algunos escombros permanecían apilados junto a la entrada. Ruballo se agachó y echó un vistazo por si pudiera encontrar algo de valor. Sacos de cáñamo, facturas y pedidos, cables de fibra deshilachados, polvo y cereales apolillados

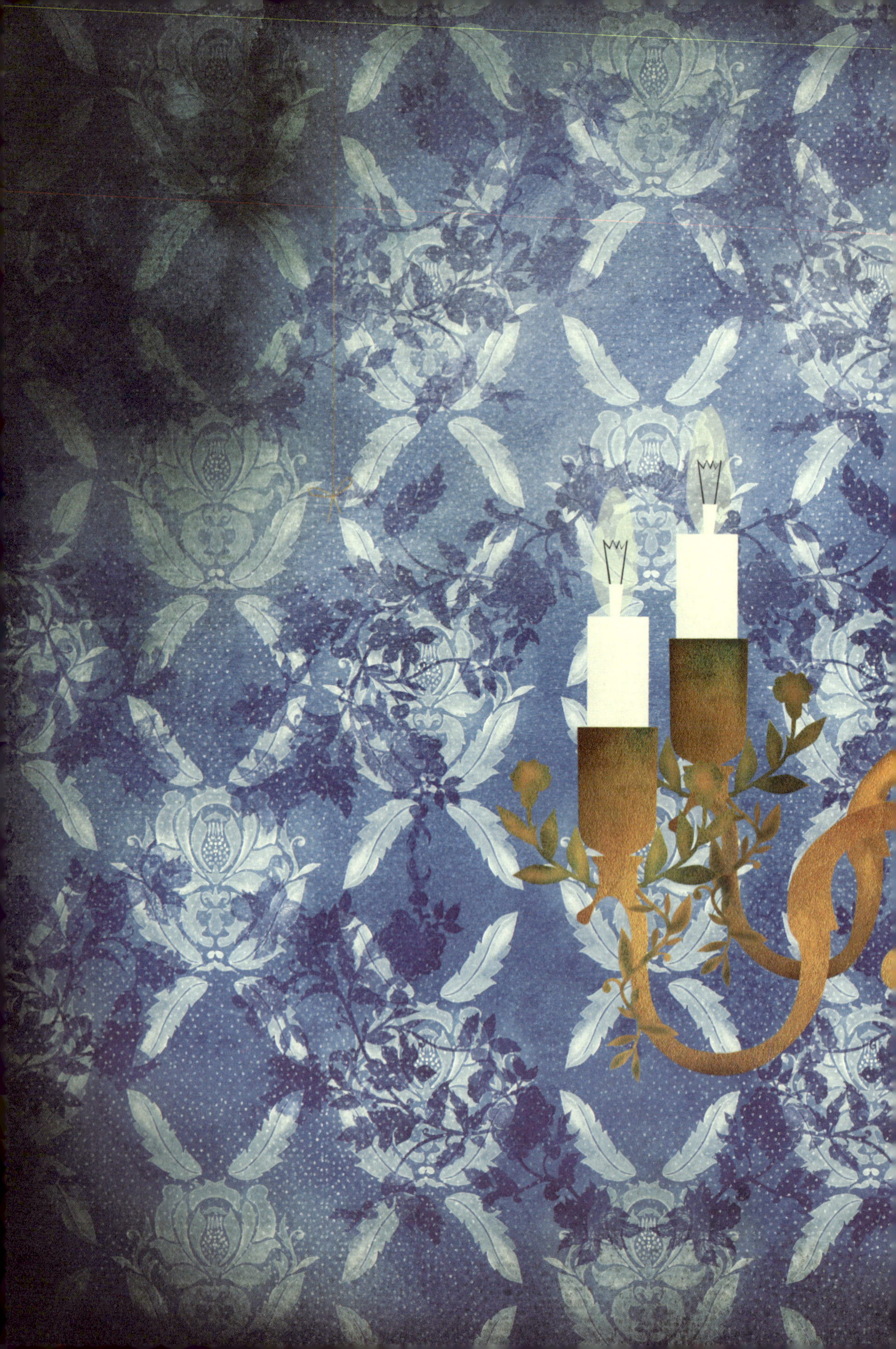

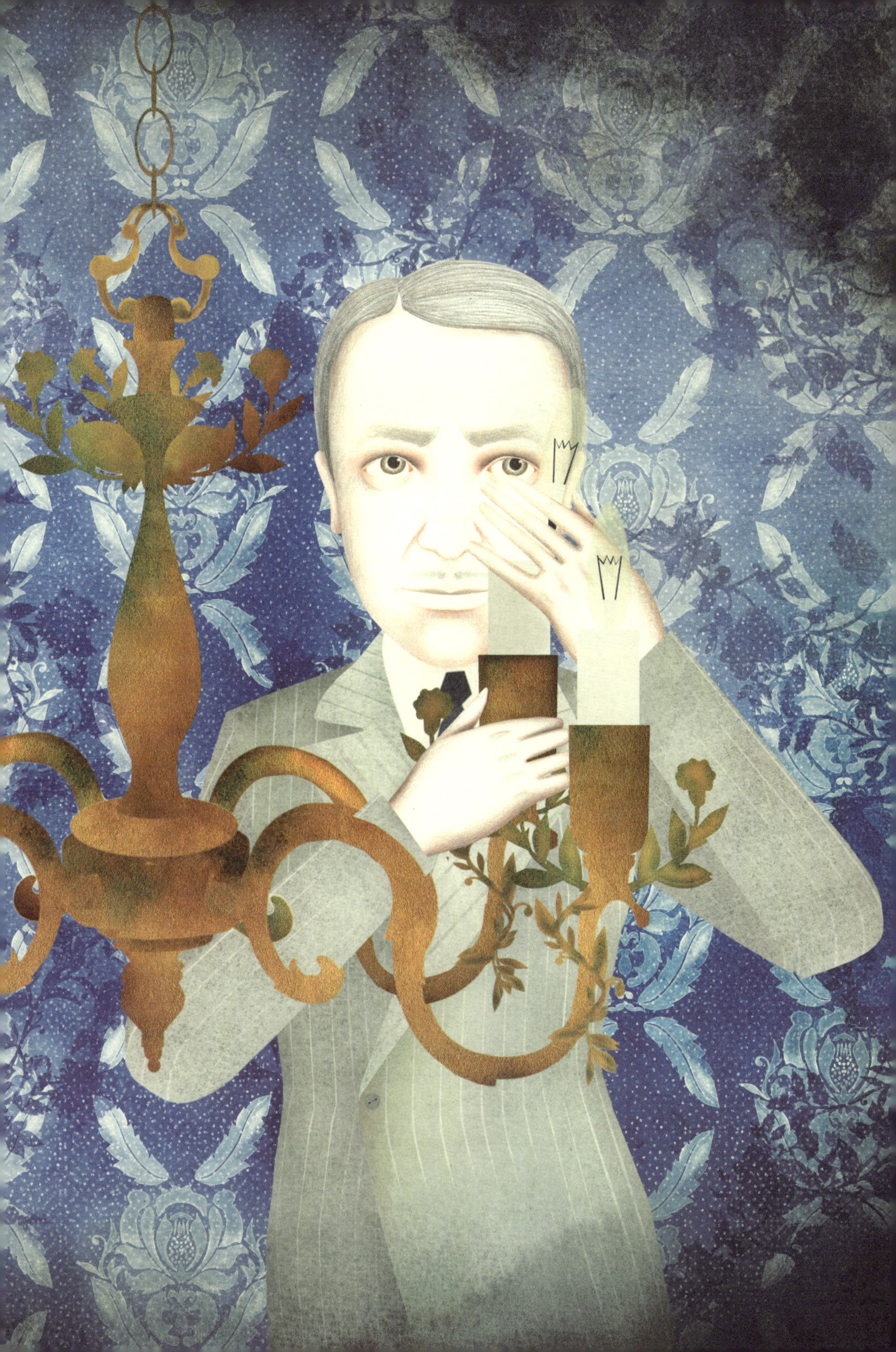

por doquier. Estiró un brazo y revolvió entre la basura. Sacudió algunos papeles y los juntó en un montón. Le servirían para anotar recados. También encontró la pieza de porcelana del pomo de alguna puerta, la dejó a un lado. Los propietarios habían dejado mucha basura y poca cosa de valor, pensó Ruballo. No los culpó, él hubiera hecho lo mismo. Siguió rebuscando y encontró un secatinta de cuero lleno de muescas que de poco serviría ya, pero lo dejó con los papeles y la pieza de porcelana; ya le encontraría algún uso alternativo. Se irguió y contempló durante unos minutos en silencio el progreso del grupo que raspaba la pared. Ahí iría su azul aciano, allí el aparador oscuro y en esa esquina la vitrina para los abanicos y las pitilleras de plata. Lo visualizó y sonrió.

El mostrador del antiguo dispensador de piensos era una pieza maciza de madera con forma rectangular. Era una suerte que los propietarios no la hubieran vendido, como el resto del mobiliario del almacén. Necesitaba un repaso y era humilde, pero con un poco de lija y barniz lo devolvería a tiempos mejores. Dio unos pasos tratando de calcular la profundidad del local. Tenía que decidir hoy mismo dónde pondría el pequeño trastero y su despacho, sin entorpecer el paso por el establecimiento.

Miró su reloj de pulsera y pensó en volver a casa para ordenar las cajas que más adelante llevaría al comercio y seleccionar el mejor género para los escaparates, pero antes quiso acercarse a la boutique que lindaba con su tienda para presentarse y, de paso, disculparse por las posibles molestias que las obras pudieran estar causando. Cuando entró en la boutique Casares, la dueña atendía a dos damas, pero aun así se mostró muy amable con él y negó cualquier molestia. Ruballo alabó el buen gusto en la decoración de la tienda, en especial el entelado de los vestidores, y golpeó suavemente con los nudillos la pared que separaba ambos comercios, bromeando con la posibilidad de que ésta se viniera abajo. Abandonó la plaza de los Caballos y se dirigió a su casa. Una vez allí, le dio un beso al retrato de su madre nada más entrar por la puerta, colgó la chaqueta de tweed en el perchero de la entrada, se descalzó y se puso sus zapatillas de gamuza. En la cocina se preparó un tentempié frío que degustó junto a la pared, observando lo que sucedía en el piso de al lado.

La muerte de la gárgola

Roberto López volvía a comer a casa siempre que el trabajo se lo permitía; reuniones, citas, visitas y una docena de compromisos diferentes lo retenían casi a diario en la oficina de la Exportadora López, Valero y Sistiaga, S. L. Los días que López volvía a su casa al mediodía, cumplía con una rutina. Aperitivo en la cooperativa, si no iba con prisa, y parada en la portería, donde se le entregaba el correo y la prensa del día, si Luisa no había pedido que se lo subieran antes. La mañana en la que apareció una gárgola muerta Roberto llegó con retraso, se había cancelado un nuevo contrato, el segundo ese mes, y él había pasado horas tratando de encontrar la manera de cuadrar las cuentas de la exportadora. Golpeó el cristal de la portería y al encontrarla abierta, entró en la habitación en la que los porteros guardaban los artículos de limpieza y las herramientas. La portería era un anexo de su apartamento. Consistía en una apolillada mesa camilla con brasero junto a un viejo tresillo que antaño había pertenecido a Berta Noriega. La radio estaba encendida, era la hora del serial, y se sorprendió de no encontrar allí a Carmen, que de costumbre estaba a esas horas con la labor de ganchillo, el vaso de quina y un puchero marcando las horas. Echó un vistazo alrededor y creyó oír unos sollozos en el patio trasero. Se adentró hacia la puerta que daba atrás, y al salir se encontró con el viejo matrimonio, uno frente al otro, en plena discusión. Parecía como si Carmen estuviera riñendo a un chiquillo, y Emilio lloraba como un bebé de teta, tapándose la cara con las mangas de su camisa, avergonzado, triste y empequeñecido por la reprimenda de la mujer.

Roberto dio un paso atrás, no quería ser sorprendido, pero Carmen, que le había visto, le saludó, disculpándose.

—Señor, perdone. Nos hemos ausentado de la portería, verá usted, porque... Bueno, comentábamos Emilio y yo que estas zarzas están ya altas y van a atraer ratones —se excusó torpemente la portera mientras su marido se sorbía los mocos y miraba al suelo.

—Carmen, no me interesa. Sólo quiero saber si la señora tiene ya el correo y la prensa —mintió López, más curioso que preocupado.

—Pues sí, señor —respondió Carmen—. Esta mañana le hice unos encargos a la señora Luisa y pidió que le subiéramos también el petate de correo. Arriba lo tiene.

—Eso es todo, entonces —concluyó Roberto López. Antes de partir, se volvió de nuevo—. Por cierto, hay unos cascotes en la acera, junto al portal, ¿los puedes limpiar?

—¡La gárgola, señor! ¡Eso ha sido la gárgola, que se ha tirado y no está muerta la muy perra! —gritó enloquecido Emilio, saliendo así de su letargo.

—¡Cállate, Emilio, por Dios! ¡Cierra esa boca de necio que tienes! —le ordenó su mujer.

Roberto López, que nunca quería saber nada de nadie, y mucho menos implicarse en problemas ajenos, hizo un gesto con la mano para despedirse, y echó una mirada de advertencia a la portera, que ésta supo interpretar al instante: si la cosa iba a más, no se tolerarían este tipo de espectáculos.

Al salir de la portería aún pudo escuchar la discusión entre el viejo matrimonio.

—Carmen, Carmen, que las he visto, que saltan y corren, que... —Y su voz volvió al sollozo, y así, en cuclillas sobre aparejos y zarzas, lo dejó la mujer, cerrando la puerta. Prefería sumergirse en el serial y en la quina antes que en las desgracias de su marido. Ya no podía ayudarle.

El parto

María había pasado la noche enredada en un sueño febril y ahogando su sufrimiento en la almohada, y a la mañana siguiente siguió ahogando jadeos en su antebrazo, en la palma de su mano y en su hombro derecho, mientras enhebraba una aguja o bordaba un bodoque. Ajena al jaleo que se oía en la escalera, gruñía y resoplaba de dolor. Al mediodía sintió la necesidad de usar el aseo y fue así como se percató de la sangre en su ropa interior. Se levantó como pudo de la letrina y se dirigió decidida hacia la pared del estudio. Se paró en seco frente al cuadro bordado e introdujo un dedo en una ranura diminuta justo debajo.

Horas más tarde, ya con la mirilla furtiva cubierta con cinta, María parió sobre el suelo un amasijo de carne azulada y sangre oscura que envolvió en unos paños de cocina y hule junto con los restos de la cena. Luego se aseó como pudo y sacando fuerzas de flaqueza limpió afanosamente el suelo de baldosas, como si de una fuente del mejor guiso se tratara, sin dejar ni rastro del alumbramiento. No sabía qué hora era, si amanecía o anochecía. El cansancio se mezclaba con el alivio, deseaba dormir tumbada en una semana entera, sobre sus siete días y sus siete noches. Preparó una tisana para templar el cuerpo y se recostó sobre la cama. Lloró desamparada. Cerró los ojos. Pensó en el nuevo día. Se durmió plácidamente.

Llamaron a la puerta y María despertó de un sueño que la engullía en una oscura viscosidad. Vio la claridad que se filtraba por los visillos y se incorporó como pudo. Apartó con un pie el bulto de trapos debajo de la mesa y lo cubrió con un revoltijo de retales de batista y panamá. Preguntó quién era junto a la puerta.

—María, soy Carmen. Fernando Ruballo me ha alertado de que has pasado mala noche, y llevas todo el día sin salir. Hija, ¿te encuentras bien?

—Sí, Carmen, gracias, estoy bien —respondió la joven mientras abría la puerta.

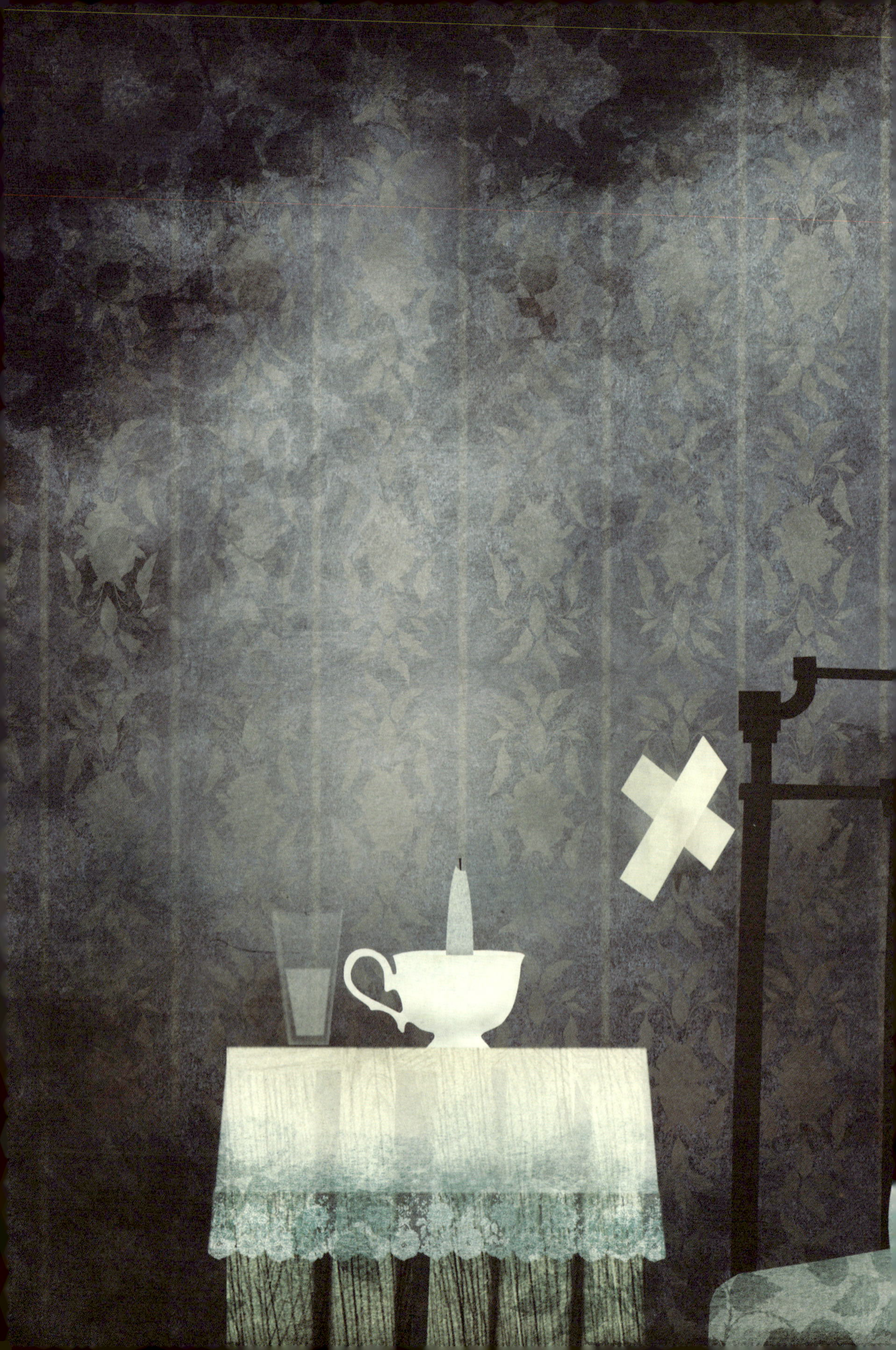

María, llena eres de gracia

—Hija mía, ¿de verdad estás bien? Estás demacrada, azul, deja que te mire la fiebre.

María apartó la mano de la portera y se excusó:

—Carmen, de verdad, estoy bien. Se ve que he cogido un resfriado y he tenido algo de fiebre, pero ya estoy mejor, sólo quiero descansar, dormir.

—De acuerdo, no me preocupo más, pero si me dejas te subo un caldo de gallina, que lo tengo recién hecho. Y un poco de ponche con yema para bajar esa cola de fiebre y que no vuelva. Estamos solas, María, tenemos que cuidarnos.

—Gracias, Carmen. De verdad que es usted un ángel. Lo que hace usted sólo lo hace una madre, pero ya bajo yo a por el caldo, en cuanto me encuentre bien me acerco a la portería.

—Nada, hija, nada. Aséate, ventila ese cuarto y métete en la cama. Yo te subo la sopita caliente en un rato y verás cómo te pones buena pronto.

María, sin fuerzas ni ánimo para discutir con la portera, tan presta a volcar toda su maternidad sobre alguien necesitado, aceptó resignada la ayuda que le ofrecía y cerró la puerta. Al volverse hacia su estudio los acontecimientos del día anterior pasaron como una ráfaga por su cabeza. Recordó todo, detalle a detalle, como si una pesadilla hubiera traspasado el umbral del sueño, acomodándose en la realidad. Pero no era una pesadilla, sino la pura verdad, tan real como un pellizco. Sintió cómo una náusea retorcía su cuerpo y pensó en lo que ocultaba bajo telas y caucho, y en cómo deshacerse de aquello. La ayuda de Carmen podría haber sido una posibilidad, de no ser por su empeño en mantener ese asunto en secreto. Nadie debía saber nada de su vida, este asunto tenía que permanecer alejado, oculto, en lo más recóndito de sus pensamientos. Y volvió el silencio, la ausencia de los trinos del pájaro. Cogió un tapete de ganchillo de la mesa y con él cubrió la jaula vacía.

Un par de pisos más abajo, Berta le abría la puerta a su empleado.

—Señora, me ha dicho mi mujer que me anda buscando, ¿qué se le ofrece? —El portero, con la boina arrugada entre las manos y la mirada gacha, no se atrevía ni a pisar el felpudo de Berta Noriega.

—Emilio, he tenido conocimiento de que andas haciendo de saltimbanqui por el tejado. Escúchame bien: ándate con cuidado; si vuelve a haber desperfectos en el inmueble tu mujer y tú os vais con lo puesto. No quiero más tonterías por los tejados, y quiero que arregles la gárgola. Llévatela al jardín de atrás o a la caldera e ingéniatelas para que quede como antes y vuelva a lucir en su esquina. Como haya que llevarla al cantero lo abonáis con vuestra paga. He dicho.

—Señora, no, señora, no me haga alojar ese monstruo en mi... —El portero no pudo terminar la frase, temiendo que esa explosión de sinceridad terminase con la poca paciencia que parecía conservar la patrona.

—Chitón. —Berta Noriega cerró la puerta.

La cura

El portero tapó la lata de pegamento y ató el cuerpo inerte de la bestia con una cinta adhesiva, como si de una camisa de fuerza se tratara. El bicho despertó entonces de su inconsciencia, se resistió levemente e intentó aletear, pero sus heridas, aún frescas y húmedas, se lo impedían. ¿Qué se creía que era, esa mole de carne gris putrefacta? Emilio se sentía algo mareado, pero no por el olor a disolvente del pegamento, sino por la magia demoníaca que la gárgola ejercía sobre él. Había encontrado una red para atar al resto de la familia de arpías, lo haría con sigilo y por la espalda, ya que sospechaba que lo observaban desde las alturas, las oía cuchichear en la lejanía de los tejados, seguramente habían estado espiando todas las conversaciones de la mañana y estaban al corriente de su suerte.

El portero era consciente de que sería una ardua tarea; las gárgolas no se lo pondrían fácil.

Cubrió la gárgola con algunas hojas de periódicos atrasados y amarillentos, y con un saco viejo que encontró en una esquina. Le dio un puntapié y salió del cuarto de la caldera asegurándose, antes de apagar la luz, de que la puerca seguía donde la había dejado.

María abrió la puerta de su estudio, sujetando con un brazo el cesto en el que ocultaba retales y desperdicios. Se cercioró de que no hubiera nadie a la vista y bajó por las escaleras de servicio todo lo rápido que su malestar le permitía. Ese camino era el más discreto para llegar hasta el cuarto de la caldera, donde estaban los cubos de basura. Sólo había un obstáculo que salvar: la portería. Bajó el último tramo de escaleras y abrió la puerta que aislaba esa parte del edificio de los dominios de los porteros, se aseguró de que no había nadie en el ancho pasillo que servía de puente entre ambas zonas y pudo oír a Carmen canturreando una coplilla mientras trajinaba entre pucheros. Abrió con sumo cuidado la puerta del cuarto de la caldera y se escabulló dentro sin que se oyera otro ruido que el de su agitada respiración. No encendió la luz, temiendo que pudiera alertar a alguien de su presencia, así que buscó los cubos metálicos a tientas y una vez los encontró, introdujo en uno la bola de estraza con la que había envuelto los restos del malogrado feto, encajándolo con fuerza con el resto de la basura de sus vecinos con la esperanza de que así pasase desapercibido. Notó la viscosidad de los restos de comida y el apestoso olor que ascendió al presionar la masa de la basura. «Al menos —pensó—, la oscuridad no me permite ver las cucarachas.» Ahogó un grito, su pie descalzo había tropezado con algo que parecía tan duro como un bloque de cemento. Recuperó la calma. Colocó la tapa muy despacio, evitando el choque del metal y volvió sobre sus propios pasos, buscando la puerta de salida con las manos extendidas y una ligera cojera.

Al cerrar la puerta del cuarto de la caldera notó sus muslos pegajosos y se dio cuenta de que volvía a sangrar, se restregó una línea roja que corría por su pierna con la tela del vestido y se dispuso a subir las escaleras, esta vez más despacio, pues la angustia del lance la había dejado exhausta. Al llegar a su descansillo la puerta de enfrente se abrió y Fernando Ruballo salió de su casa. Sin decir una palabra la miró, luciendo una expresión de súplica, como el niño castigado al que han quitado el juguete. Callaba junto a su puerta, mirándola fijamente con la cabeza algo caída. María lo ignoró. Abrió la puerta de su piso y la cerró tras de sí sin haber mediado palabra. Al entrar en su casa se apoyó en la puerta y suspiró. Se miró en un trozo de espejo en el que no hacía mucho tiempo se sonrojaba las mejillas con la misma pintura con la que encendía sus labios antes de salir de casa en noches alegres y despreocupadas. Vio su rostro, antaño ovalado, ahora demacrado. Sus mejillas se habían descolgado levemente y descubrían dos pómulos como dunas de arena. La piel mate se volvía sombría bajo sus ojos brillantes y febriles, tan azules que parecían un oasis en medio del desierto. Había envejecido diez años en tan sólo unos días. El pelo se asemejaba a la cola de un pescado, grasiento por los sudores de la calentura. Necesitaba asearse, lavar su ropa, limpiar la casa, fregar el suelo, tirar retales inservibles, hilos de colores imposibles, agujas roñosas, dedales partidos.

Cuando Carmen subió con el caldo la encontró sumida en una euforia de limpieza, la ventana abierta de par en par y un intenso olor a lejía. Tuvo que obligarla a meterse en la cama y tomándole la temperatura con la mano sentenció que mejor no se moviera de ahí en unos días. Secó y guardó la vasija que había quedado en el escurridor, dobló mantas, ahuecó cojines y regó un geranio en flor que encontró dentro de una jaula de pájaro.

Jueves

La gárgola ha parido

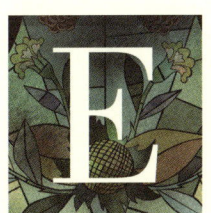

Emilio! ¿Dónde andas? —Carmen se asomaba desde la portería, cargando con una cazuela vacía y un cubo metálico de basura.

—Aquí, mujer —contestó el hombre desde el patio.

Carmen lo encontró junto a la oxidada caja de herramientas, con una maza en una mano y un pico en la otra. Las miraba, comparándolas, y aflojaba las manos para comprobar el peso.

—Lleva esto al cuarto de la caldera —dijo la mujer mirándolo con desconfianza—, es basura de la niña del tercero, que está encamada y la estoy atendiendo.

El hombre, cabizbajo, agarró el cubo y algunos bártulos y en silencio se dirigió al cuarto de la caldera. Esperó a que la luz iluminara el cuarto antes de poner un pie dentro, y su mirada se dirigió hacia la gárgola, que ya llevaba un día atada de pies y manos, y cubierta con un saco de tela. Pero, para su sorpresa y espanto, la tela se había desprendido; la gárgola lo miraba fijamente. ¿Cómo diantres consi-

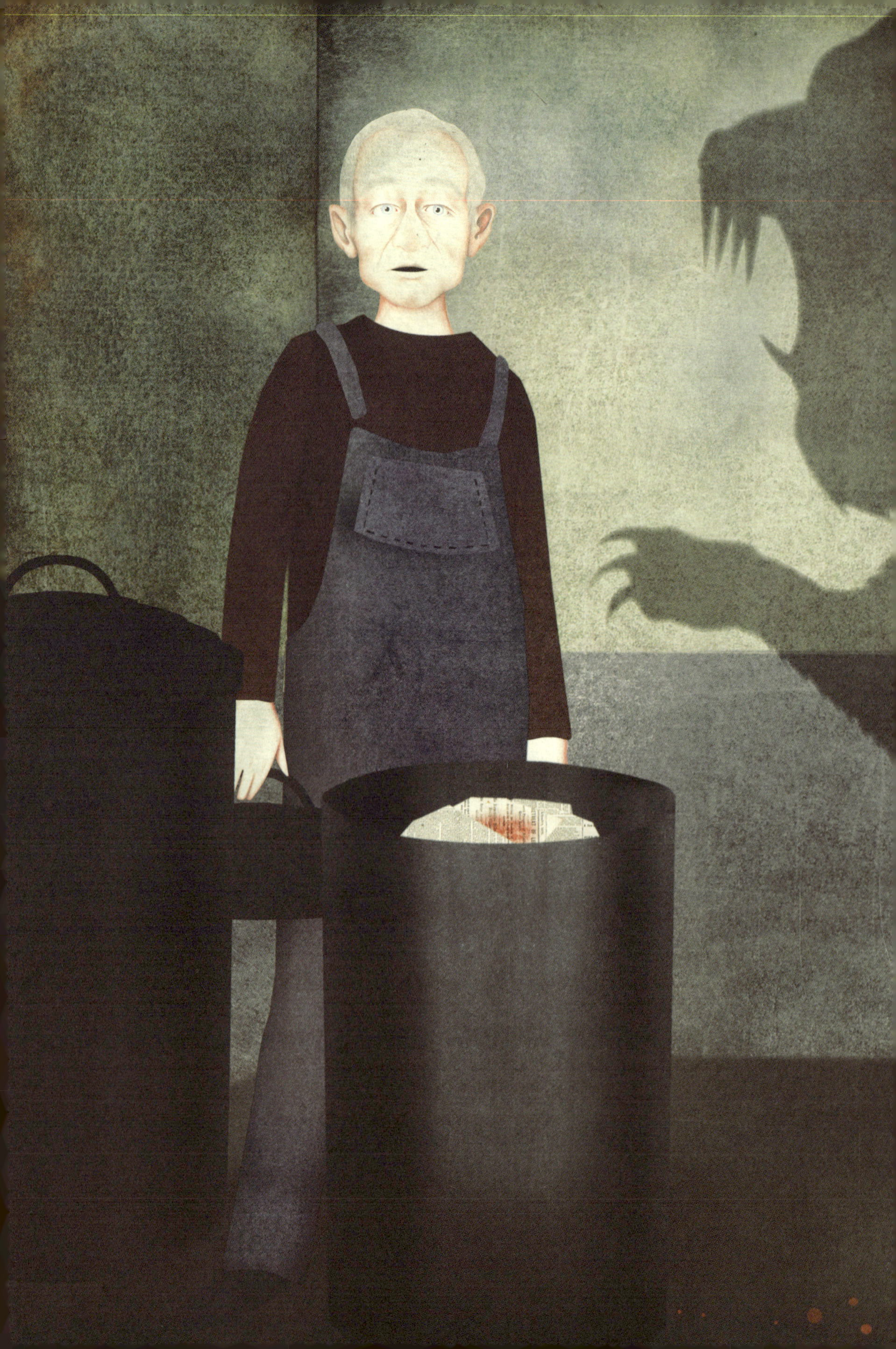

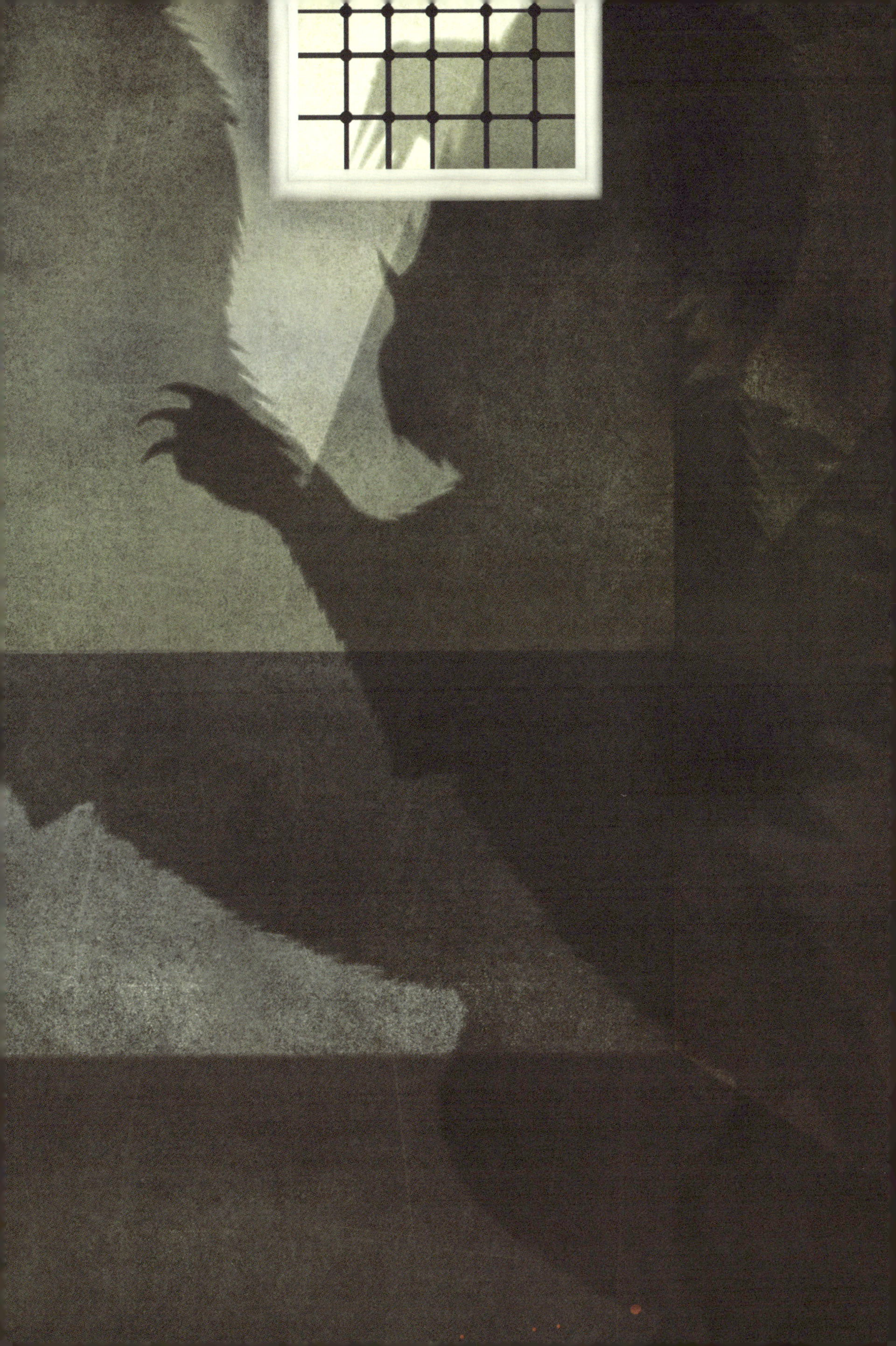

guió retirar el saco, si estaba atada? Por más que abría los ojos no daba con la razón. No había corrientes de aire ahí dentro, y nadie, absolutamente nadie, entraba en ese cuarto; ni siquiera Carmen, pues ella prefería las tareas de lo limpio; la basura y la porquería era labor del marido. Sabía que esto sucedería, la gárgola le estaba lanzando un guante. Un resplandor encarnado captó su atención. En el suelo, gotas rojas estrelladas en el cemento. Diminutas, pero perceptibles a unos ojos sagaces y atentos como los suyos. Agarró una pala con una mano y se acercó, siguiendo los puntos rojos que le llevaban a uno de los cubos. Lo abrió y notó enseguida algo extraño: la basura estaba prensada en el fondo, como si algo pesado se hubiera metido dentro del cubo. Con asco, y sin darle la espalda a la gárgola que se erigía junto a los contenedores, introdujo un brazo y comenzó a revolver la basura aglomerada, tratando de dar con la razón por la cual estaba así. Palpó la bola de papel gris y la sacó. Estaba plagada de sombras grasientas. Él no la había puesto ahí, estaba bien seguro de ello. Miró a la gárgola y se fijó en la gota de sangre junto a ella. Lo observaba. Comenzó frenéticamente a desenvolver el embrollo de papel y se encontró con aquel engendro de carne y sangre, frío, estaba frío como la piedra..., y aquella cabeza diminuta de pájaro, ¿qué clase de ritual era aquél?, ¿alimento para el recién nacido?

—¡La gárgola ha parido, la gárgola ha parido! ¡Carmen, Carmen, la gárgola ha parido un monstruo! —Emilio salió aullando del cuarto de la caldera, dejando en el suelo, entre estraza y grasa, el feto malogrado y lo que había quedado del jilguero.

Berta aporreaba, literalmente, el piano. Maldijo a Liszt y lanzó las partituras del estúpido *Liebesträume* al aire. Ese viento cálido que se había levantado al mediodía golpeaba su cráneo desde la nuca hasta la frente. Cambió de tempo y siguió el ritmo que marcaba el temporal que se estaba revolviendo en su cabeza; tocó la frase más enrabietada del *Fantasie Impromptu* de Chopin, que en sus dedos cruzados se quedó en un maltrecho trabalenguas. Su pataleta se vio interrumpida por unos alaridos lejanos, en las escaleras, y detuvo las manos en el aire mientras trataba de identificar aquel estruendo de voces. Se alzó enérgica de la silla y salió al descansillo. Cuando se asomó a ver qué demonios era todo aquello, se dio cuenta del espanto que estaba protagonizando el guardés en el portal. Sobre su cabeza, Luisa y su hijo Vicente, asomados a la barandilla, interpelaban también a voces. Fernando Ruballo parecía congelado en medio de los escalones, apretando contra su pecho una caja de sombrillas. Aquella inválida se asomaba por la puerta de servicio. Ese vocerío era algo que no pensaba tolerar en su casa. Bajó las escaleras con un encolerizado taconeo.

—¿Qué demonios pasa aquí? Emilio, Emilio, ¡cálmate o llamo al hospital!

—¡Señora, señora! ¡Lo he visto, la gárgola ha parido una criatura, está en el cuarto de la caldera, en un cubo de la basura, ensangrentada y azul como el cielo sobre nuestras cabezas, señora! ¡Ahora nadie podrá decir que estoy loco! ¡Nadie! ¿Me han oído bien los de ahí arriba? —dijo alzando la cabeza y sorprendiendo a los vecinos asomados.

Carmen, que acababa de salir de la portería, escuchó con espanto el relato delirante de su marido pero no despegó los labios, hizo mutis hacia el cuarto de la caldera. Tenía que ver con sus propios ojos qué había provocado ese repentino delirio, ese estallido demente; tal vez una rata muerta, un muñeco roto del chiquillo de los López, la cabeza de algún pollo, un pescado, una media de nailon rota y anudada, cualquier cosa podría disparar la imaginación de su marido. «¿Cualquier cosa?», se preguntó.

Mientras tanto, Berta y Roberto López, que en el momento en que se producían los gritos atravesaba el portón, intentaban apaciguar los nervios del hombre.

—Emilio, estoy perdiendo la paciencia. —Berta giraba sobre sí misma, conteniéndose para no abofetear al portero.

—Vámonos dentro, Emilio, vamos a buscar un poco de licor, algo que te calme y nos cuentas lo que has visto. —López trataba de controlar la situación, y agarrándolo de un brazo lo introdujo en el piso de los porteros.

Tras ellos, Carmen entró en la habitación, pálida y apesadumbrada, y negó con la cabeza mientras se retiraba la humedad bajo los ojos con la manga del jersey.

—Carmen, ¿lo has visto? Lo has visto, ¿verdad? ¿Dónde está? No lo habrás tocado, ¿verdad? ¡Cierra el cuarto de la caldera! Pon un mueble o algo para que no la abran! ¿No lo entienden? ¡Se están multiplicando! Ya han matado. ¡El gato de doña Teresa! ¡Ha desaparecido! ¿No lo entienden? ¡No tardarán en venir a por nosotros! —Emilio movía la cabeza mirando a cada uno de ellos—. Lo que hay ahí es una cría de gárgola, ¡son el demonio!

—Emilio, cálmate, ahí no hay nada, en el cuarto de la caldera no hay nada; no hay crías de nada, no hay demonios, ¡sólo están en tu cabeza! —Roberto López empezaba a dar la batalla por perdida, su paciencia estaba al límite.

—Sí que las hay, señor mío, vámonos para allá y se lo mostraré; una criatura así de pequeña, con miembros y ojos y cráneo, y fría como este suelo que pisamos.

—¡Basta ya, Emilio! Vengo del cuarto de la caldera y ahí no hay nada —interrumpió Carmen, ahogando un gemido.

—¡Carmen! ¡Si lo he visto yo! Y había sangre en el suelo y junto a la gárgola! ¿Carmen? Mírame... Luli...

—Esto se acabó. —Berta abandonó la portería y se dispuso a subir las escaleras hasta su piso, donde pensaba llamar por teléfono a la casa de salud. El hombre había tocado fondo, era un peligro para él y para todos. Carmen la detuvo.

—Señora, ¿qué va a hacer?

—Carmen, ya lo has oído: una gárgola ha parido una cría en el cuarto de la caldera. Me dirás qué otra cosa se puede hacer.

—Señora, él no hace daño a nadie, es un infeliz, mírelo, sólo se hace daño a sí mismo.

—No, Carmen, se acabó. Esto ya no es un simple delirio, es una alucinación, y nada bueno puede traer. Decide tú qué es lo que quieres. El trabajo, si puedes llevarlo a cabo tú sola (y estoy segura de que sí), es tuyo. La otra opción es irte y acompañarlo. Hoy es viernes. El lunes llamaré al doctor que lo trató la otra vez. Que decida él, pero creo que ya sabemos qué va a sugerir.

—Sí, señora. —Y Carmen, dócil, dejó marchar a su patrona escaleras arriba.

Berta y la chistera

Unas horas más tarde, pasado el enfado, Berta descansaba en el sofá. Se había quedado traspuesta mirando el álbum donde su madre había guardado viejos recortes de prensa que hacían mención a las efemérides de su familia. Pedidas de mano, bodas, bautizos, recordatorios de primeras comuniones, algunos funerales. No había vuelto a mirar aquel cuaderno con talle de carey desde que era una joven estudiante. Después de comer agarró el primer lomo que se puso a tiro en la estantería; el coñac y su familia hicieron el resto, y cayó en un sueño liviano del que la sacó una llamada telefónica en la otra punta de la casa.

Era Clara. Al colgar el aparato sonrió para sí, ruborizada. Echaba en falta su presencia cada día, a pesar del estricto régimen de visitas que ella misma se había impuesto con sus amantes desde muy joven. Siempre había evitado la más mínima invasión de su vida privada, tanto si se trataba de gente de fuera como de personas de su ámbito más personal o de su círculo más íntimo. De todas esas mujeres que se habían dejado besar el cuello mientras hojeaban algunos de los libros en la sala, durante un baile improvisado en el salón o mientras templaban un violín o afinaban una flauta travesera, ninguna había llegado a pasar suficiente tiempo en su casa para apreciar el vacío material de aquel lugar, el frío de las paredes o la carencia de alma del apartamento. La fuerte personalidad de Berta no permitía mirar más allá, mirar lo que no la rodeaba.

La historia de cómo Clara había entrado en su vida comenzó como lo hicieron muchas de sus historias, incluso las más efímeras:

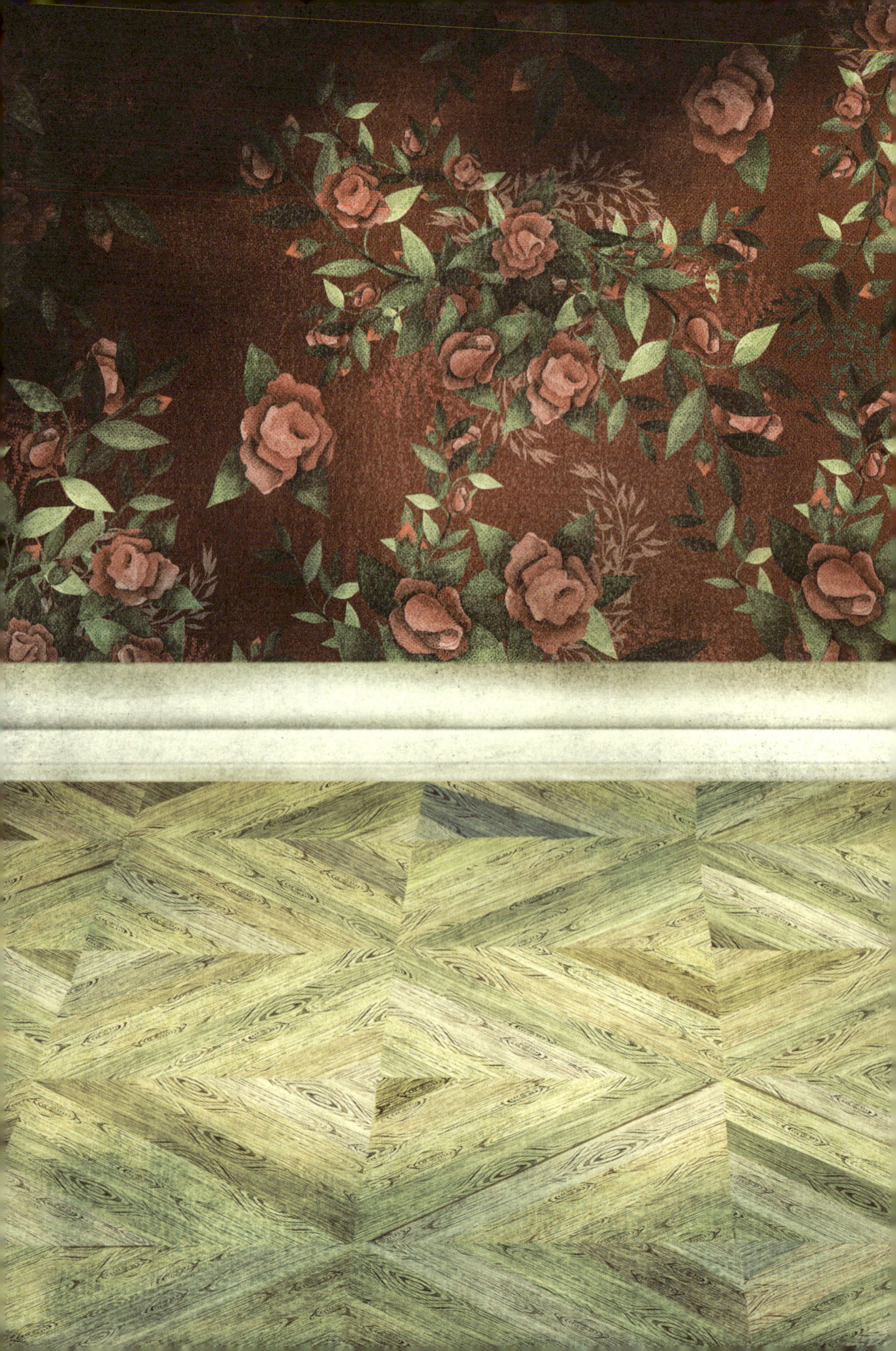

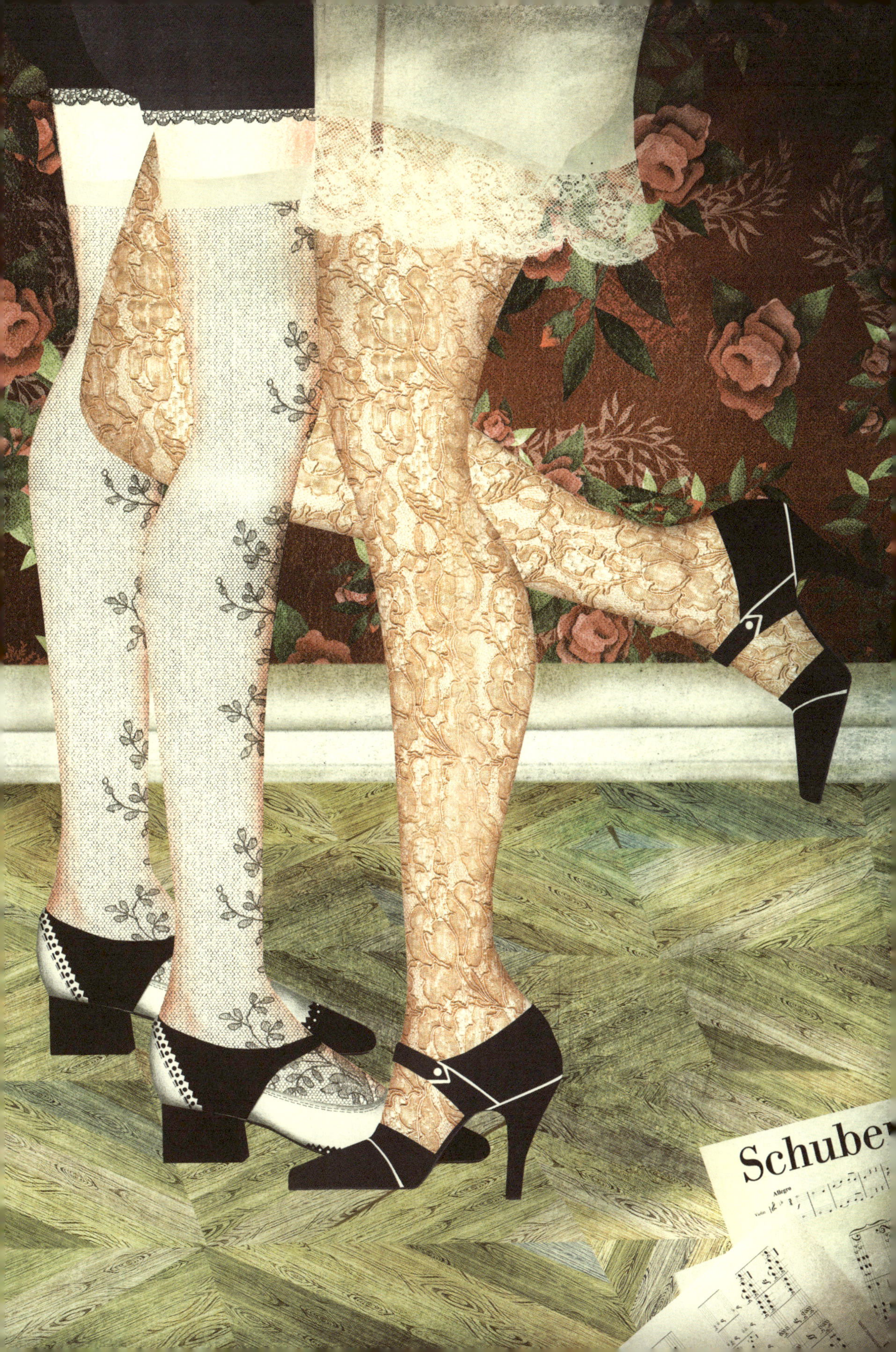
Schube
Allegro

con un concierto para piano y violonchelo. Clara, aplicada estudiante del conservatorio municipal, oyó hablar de cierta pianista aficionada que recibía visitas y ensayaba en su casa. La fama de sus generosas meriendas la precedía y todo el mundo en el conservatorio conocía la existencia de aquella sala de música en la calle Argumosa, si bien no todos sabían que algunas sonatas terminaban sobre la alfombra persa. Nadie se explicaba por qué la solterona dejaba de recibir a las estudiantes repentinamente, aunque lo achacaban a ese carácter excéntrico y poco sociable que también se reflejaba en su forma de interpretar todas y cada una de las piezas: tocaba los Nocturnos de Chopin con la misma saña con la que embarrullaba las sonatas de Liszt. A pesar de su cuestionable calidad como intérprete conocía perfectamente las partituras y eso, unido a las vituallas que ofrecía, y muy especialmente gracias a estas últimas, la convertía en una excelente compañera de ensayo.

Clara le escribió unas líneas en las que se presentaba como una seria estudiante del último curso de violonchelo, muy centrada en sus estudios musicales y muy interesada en mejorar algunas piezas de Schubert y Beethoven que, según había escuchado la joven, eran la perdición de Berta. Envió la carta y no tardó en obtener respuesta. La señorita Noriega la invitaba a su sala de música. Tendrían una charla para definir sus gustos y decidirían si convenía o no fijar algunas tardes de ensayo. La animaba a llevar su violonchelo, para no perder el tiempo y poner a prueba ambos instrumentos.

Clara llegó a casa de la señorita Noriega un martes de verano a las cuatro y media de la tarde, tal y como habían acordado en su intercambio de cartas. La joven no tardó en ganarse la simpatía de Berta, acostumbrada como estaba a altaneras, imprudentes o necias florecillas de un día. Era todo lo que podía esperarse de la gente joven, por ello se tomaba estos amoríos como un mero entretenimiento. En el momento en que Berta se cansaba de la estudiante de turno ponía una excusa poco convincente y terminaba con aquellas visitas sin que le temblase el pulso. Clara, sin embargo, se mostró receptiva durante la conversación y habló poco. Advertida por otras compañeras del conservatorio, se había preparado para tal ocasión y procuró mostrarse prudente y discreta. Es fácil parecer inteligente y agradable cuando se habla poco, Berta no se dejó engañar y sometió a la joven a una pequeña entrevista camuflada entre tazas y azucarillos. Al terminar la merienda ambas mujeres ya intercalaban en su conversación bromas que sólo ellas comprendían.

Una ráfaga de viento cálido cerró la puerta del pasillo de un golpe y Berta corrió a cerrar las ventanas de la sala. Los visillos volaban enloquecidos por la habitación. Ese viento de brujas tan necesario que llegaba cada otoño para arrancar las hojas secas de los árboles, también traía tormentas y locuras. Se preparó un baño y llenó una copa de vino hasta arriba. Dejó la puerta del baño abierta, desde la tina podía contemplar el pasillo que articulaba el apartamento.

Se fijó en el papel pintado de las paredes, antaño de un rabioso rojo inglés, ahora tan desvaído como una rosa del desierto. Se sorprendió a sí misma recordando sus carreras por aquel corredor largo y espacioso cuando era niña. Recordó la luz que lo iluminaba a través de unas celosías en las paredes, ahora condenadas, que permitían el paso de la claridad desde las habitaciones que daban al exterior. Posiblemente su sitio de juegos favorito había sido aquel lugar de paso. Y aquel velador, custodiado por dos sillas isabelinas a cada lado, donde su madre colocaba todos los retratos de familiares y santos. Nada de eso existía ya; lo que no había sido regalado estaba a merced del olvido y la carcoma, junto al resto de los muebles que antes habitaban aquel inmenso apartamento. Berta se deshizo de todo dejando la mitad de la casa prácticamente vacía y quedándose tan sólo con lo imprescindible en la parte que ella habitaría. Sólo el dormitorio de sus padres, en el que apenas entraba, permanecía como lo había dejado su madre cuando falleció. «Creo que estoy un poco ebria», se dijo. Apuró la copa y alcanzó la toalla. Del baño pasó al dormitorio sin terminar de secarse y sin molestarse en evitar el charco de agua que dejaba tras de sí. Sacó de la funda un pesado disco de vinilo y comenzó a sonar el *Lili Marleen* de esa rubia germana con chistera. Pensó en el frac con solapas de raso que su padre usaba en las fiestas y se preguntó si seguiría en el armario. Cruzó el corredor que atravesaba la casa y entró en el cuarto del matrimonio, ahora habitado por los fantasmas de los muebles. Retiró la sábana que cubría el galán de hierro, la coqueta de caoba y finalmente el armario labrado que ocupaba la totalidad de la pared. Lo abrió y encontró algo de ropa protegida dentro de un guardapolvo. El abrigo de astracán de su madre, un traje negro de paño de lana con el que guardó luto a su marido, algunos trajes oscuros de su padre y el frac, al fin, más anticuado y suntuoso de lo que recordaba. Pero se alegró tanto que lo descolgó y bailó los últimos acordes de la canción abrazada a él. Corrió hasta su dormitorio y frente al espejo de media luna comenzó a ponérselo sin molestarse en buscar la ropa interior. Se miró entusiasmada. «La misma talla que papá», pensó, y lanzó un beso al cielo. No encontró el par de zapatos de piel brillante que él solía llevar, así que se calzó sus viejos zapatos de cordones, se cepilló el cabello hacia atrás, se puso carmín en los labios y volvió a llenar su copa de vino mientras colocaba la aguja nuevamente en el principio de la canción. Definitivamente llevaría ese traje a la fiesta. Le traía sin cuidado el vestido verde loro —«¡Lo-ro!», repitió alzando la voz—. Y cantó de un lado a otro de la casa entonando lo mejor que los tres cuartos de botella de vino le permitieron.

La Musa cae en la red

Emilio abrió los ojos. Ya no había nadie y era de noche. Ni un ruido en el patio, tan sólo ese viento golpeando los tendales de las ventanas, las ramas de los árboles, los tejados. Carmen había estado velando su sueño un rato, luego se había quedado dormida en la butaca junto al viejo tresillo donde él se hacía el dormido. Pudo escuchar todo lo que se había dicho unas horas antes; Carmen, Berta y ese López hablaban de él, de su locura, de sus fantasías. Él prefirió hacerse el ausente, hacerles creer que esos hierbajos y ese licor habían conseguido atontarlo y hacerle olvidar lo que había sucedido, lo que él había visto con sus propios ojos. Estaban locos si pensaban que lo dejaría pasar.

Sin hacer ruido se incorporó en el sofá y se calzó, dobló la manta como a Carmen le gustaba y la dejó sobre una silla, en la salita. Comprobó que su esposa seguía dormida, probablemente amodorrada por la misma «medicina» que le habían dado a él. En el patio buscó su bolsa de tela y metió la maza, una cuerda, algunas herramientas más y una vieja red de obra; al salir por la puerta se volvió y olfateó el aire, decidió coger también un viejo impermeable. Subió por las escaleras, con cuidado de no ser visto por la patrona ni por el resto de los vecinos, sin despegar la mirada de la vidriera en lo alto de la escalera y donde, a veces, se asomaban las cuatro gárgolas con las alas extendidas y las campanillas de sus gargantas entonando un grito melodioso que, claramente, iba dirigido a él. Pero no había ninguna en ese momento. Estaba oscuro y el viento azotaba los cristales. Estarían agazapadas, en sus puestos, pensó. Al llegar al tercer piso notó algo que se posaba en su hombro, era de tacto cálido y se sobresaltó. Se volvió y extendió la red como única arma defensiva.

—Oiga, cálmese. —La Musa, vestida con un camisón, se ajustó la chaqueta de lana tosca, temerosa de la actitud del portero.

—Me ha asustado. No debería estar aquí, sola, ellas pueden salir —advirtió señalando la claraboya.

La Musa siguió la dirección que indicaba la mano del portero, sintiéndose aún más ajena a todo cuanto la rodeaba. No alcanzaba a comprender si era ella la que se estaba alejando de la realidad, o si bien era el resto del mundo el que había enloquecido.

—Sólo quiero preguntarle si ha visto usted al artista, dígame, ¿lo ha visto?

Los ojos del portero brillaban, febriles, fuera de sus órbitas, y preguntó excitado:

—¿Hace cuánto que no lo ve? ¡Virgen santísima!, puede haber sido víctima de esas perras.

—¿Qué perras? Hace días que no lo veo, estoy muy sola y mírreme —dijo señalando sus andrajos, como si éstos pudieran explicar lo que ella no era capaz de llorar. El portero no estaba para sutilezas y continuó con su eufórico descubrimiento.

—De estar, señorita, ha de estar en el tejado. Póngase en lo peor, que ha sido devorado por las gárgolas. Siempre he sabido que más pronto que tarde se cobrarían su primera víctima humana. Ya cayó el gato de doña Teresa, se lo comieron antes de morir la dueña. Quién sabe si tal vez, moviéndose a través de los canalones puedan esas bestias demoníacas entrar por las ventanas —meditó Emilio en voz alta—, quién sabe si no fueron ellas las que chuparon el alma de la vieja...

La Musa asió con fuerza su muleta y se sintió mareada. Realmente se estaba volviendo loca, y, con ella, el resto de la humanidad. Gárgolas devoradoras de artistas, gatos y ancianas, se dijo. Y le pareció que todo cobraba sentido.

El portero sorteó un obstáculo invisible frente a él y se abrió paso zarandeando levemente el cuerpo de la Musa. Ésta no pudo más que seguirle, con dificultad, en el trayecto hacia arriba por la escalera de servicio. Quería comprobar con sus propios ojos la tragedia.

Ayudada por el portero, subió los cinco escalones que conducían afuera y una vez allí contempló con asombro el cielo abierto y la cercanía de los tejados de otros edificios. Se detuvo unos instantes para disfrutar del espectáculo del viento sobre las copas de los árboles. Una alfombra de cristal de colores en el centro mismo del tejado atrajo la atención de la Musa. Se asomó a la vidriera y contempló maravillada cómo a cierta distancia la imagen se perdía, descomponiéndose en formas que parecían un calidoscopio. Se acercó unos pasos y estiró el cuello, entornó los ojos y volvió a mirar. El damero del suelo del portal se fundía con los colores del cristal emplomado. Se apagó la luz automática de las escaleras y todo quedó a oscuras.

Comenzaron a caer las primeras gotas de lluvia, que tamborilearon sobre la vidriera. Le pareció un bonito escenario. Alzó un brazo y dejó caer la muleta con el otro, elevó una pierna y arqueó el pie desnudo en el aire. El portero la sujetó del brazo antes de que cayera.

—Cuidado, señorita, no vaya a tropezar —dijo cubriéndola con su impermeable—. Venga conmigo, siéntese aquí —añadió señalando una jaula de madera vacía que estaba en el suelo—. Usted me va pasando las herramientas que yo le diga.

—Si usted supiera lo que fui —dijo ella de pronto, con una voz melancólica, lejana y profunda que el portero no llegó a oír. Se sentó donde el hombre le había indicado y aguardó a que él la necesitara, pero no apartó la vista del lugar donde había perdido el equilibrio unos minutos antes.

Emilio les lanzó las redes a dos de las gárgolas que daban al patio y después las ajustó desde cierta distancia. De su bolsa de herramientas sacó una cuerda de cáñamo y las ató, por si acaso, dejando el cabo sobrante enrollado en el suelo.

—Voy a hacer un poco de ruido, es posible que este demonio grite. Escúcheme —y se volvió para mirar fijamente a la Musa—, no se deje engatusar por sus lamentos, no olvide en ningún momento que estas tres son demonios, que ya han matado. Recuerde que es posible que se hayan llevado a su amigo.

Acto seguido, Emilio dio con el martillo en la cabeza del cincel y un golpe sordo penetró en los oídos de la Musa. Luego siguieron otros golpes y el estruendo a su alrededor se convirtió en dolor. Miró horrorizada cómo aquel hombre intentaba partir la gárgola por su base, con qué fuerza extraña la golpeaba, con qué mirada de furia contemplaba los meteoritos de piedra que saltaban. El portero cambió el cincel por una herramienta aún más grande y siguió golpeando, con una extraña expresión de placer en su rostro. Los sonidos de la piedra se fundieron con el grito de la Musa, incapaz de apartar las manos de sus oídos, de su cabeza, de su cuello.

—¡Bien, está bien, está bien! ¡Tranquilícese! —Emilio detuvo

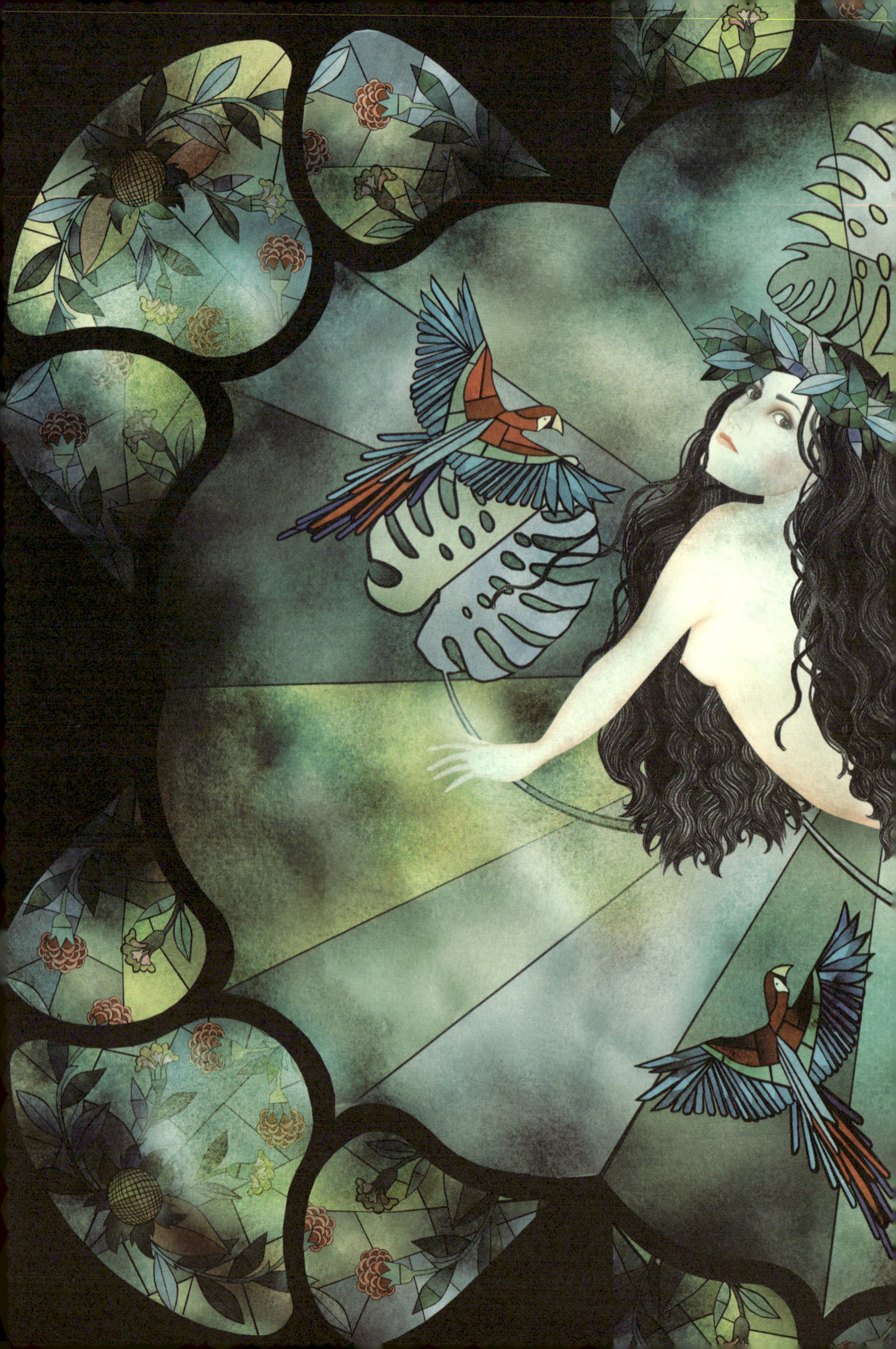

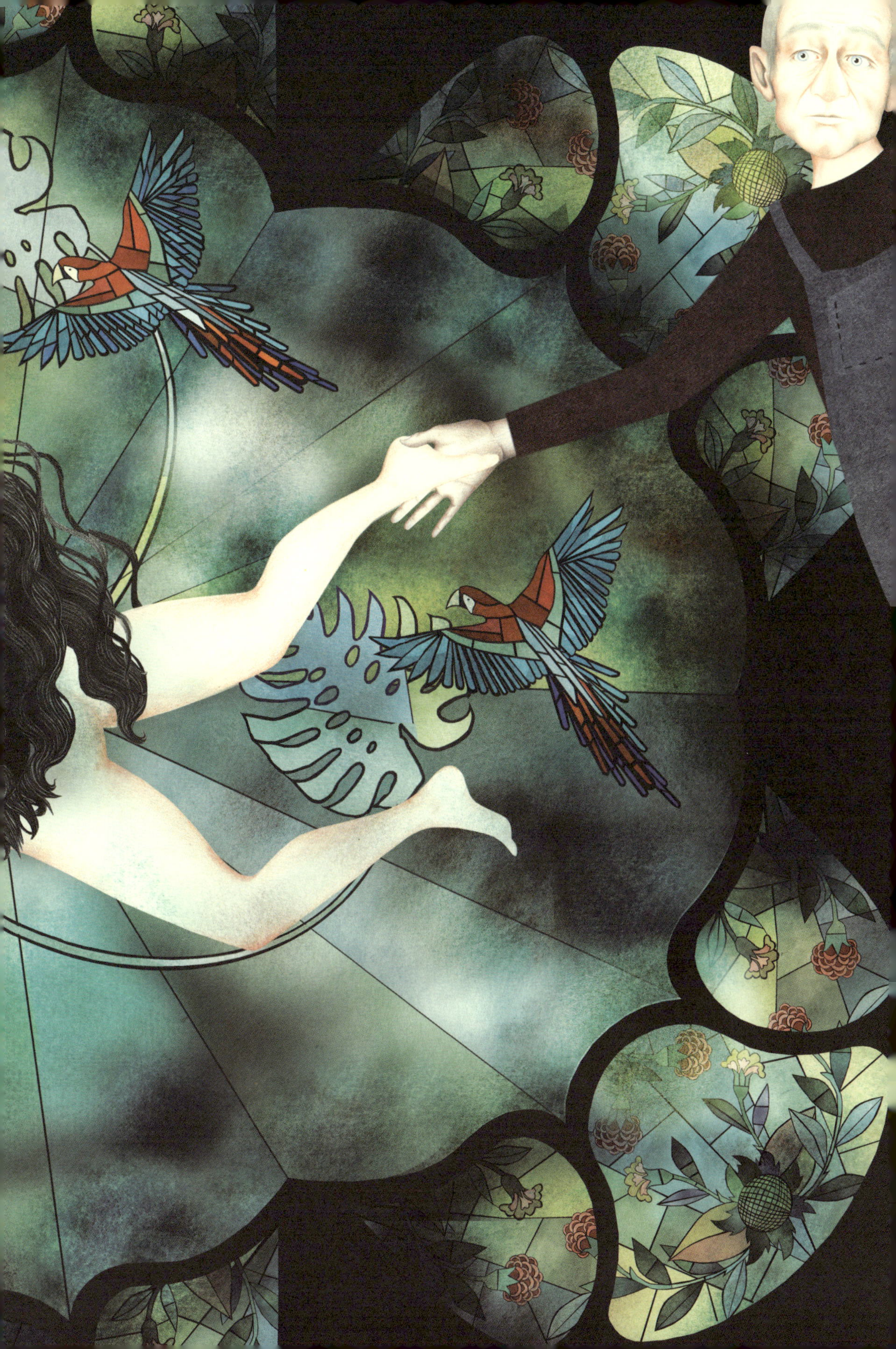

su tarea y sujetó a la mujer por los hombros intentando calmarla—. Tiene que ser fuerte, ¡no la escuche!

—¡Le está haciendo daño! ¡Grita mucho! —La Musa señalaba la gárgola—. ¡Déjela en paz, se lo ruego! —imploró.

Viendo que no había forma de calmarla, el portero accedió. Terminaría la tarea en otro momento, cuando dejase de llover, tal vez mañana. El trabajo estaba muy avanzado y la bestia no tenía posibilidad de moverse de allí. Comprobó satisfecho la grieta que había provocado en el soporte de la gárgola número tres y se aseguró de que la red estaba bien enrollada y el nudo de la cuerda era sólido. Tal vez mañana subiera, sólo tendría que tirar con fuerza del cabo suelto. Guardó las herramientas en la caja metálica.

Un gemido sorprendió a ambos y se volvieron. Tras ellos, un gato gris atigrado caminaba bajo la lluvia lanzando lastimeros maullidos. La Musa intentó levantarse para alcanzarlo, aún compungida. El portero se ofreció y el animal empapado, esquelético y lleno de llagas y calvas en el pelaje se dejó coger.

—Creo que es el gato de doña Teresa, que en paz descanse la buena mujer —dijo Emilio. Lo alzó sobre su cabeza y comprobó el peculiar cascabel de plata atado al cuello con un cordón de algodón gris mugre—. Desapareció cuando ella cayó enferma. Valiente bandido el minino. —Emilio se quedó pensativo y dejó el gato con la Musa—. Siempre supe que habría terminado aquí arriba, apresado por estas bestias. Mire lo que han hecho con él. Está lleno de heridas y desdentado. —Se volvió y rodeando el tejado con su cabeza gritó—: ¡Malditas bestias, mirad lo que habéis hecho con el pobre animal! ¿A qué torturas le habrán sometido? —Se dirigió a la Musa—. ¿Ve de lo que son capaces?

La mujer, sosteniendo al gato con un brazo, alzó su mano buscando la ayuda del portero para erguirse.

—Por favor, acompáñeme a casa. Bañaré a este gato y le daré comida, que algo me queda. Comeremos los dos, ¿verdad, gatito?

—Creo que se llamaba Bigotes —corrigió Emilio.

—Yo lo llamaré Gabriel.

—Como usted vea —dijo el hombre acompañando a la mujer hasta la puerta de acceso al edificio—. Tenga cuidado con los escalones, que son muy empinados.

Otra mirilla furtiva

Las farolas iluminaban débilmente la plaza de los Caballos, no había ni un alma; las calles estaban vacías y las viviendas de los edificios que rodeaban la plaza hacía tiempo que dormían. Todo estaba a oscuras, salvo la «Paragüería Ruballo», como ya decía un rótulo recién pintado en la fachada del edificio.

Cada cosa estaba en su lugar. El damasco azul iluminado por las cuatro parejas de bombillas y otros tantos apliques distribuidos sobre el mar aciano. La brillante vitrina, el mostrador de forma neta donde pronto habría una elegante caja registradora, la mesa y las butacas bajas junto a un pequeño mueble bar. En la entrada se acumulaban las cajas con el género que él mismo había fabricado, los cristales estaban ya limpios, las sombrillas de seda y caña desplegadas en los escaparates y los paipais colgaban de finos hilos de tanza, como estorninos en un árbol. En el almacén, al fondo a la derecha, aguardaban, todavía sin abrir, las cajas de género que habían llegado a última hora de la tarde, y también algunos calzadores de hueso que él mismo tenía que haber ido a buscar al hangar de la estación de ferrocarril. Pero esta tarea podía esperar, antes había algo que quería hacer. Era importante hacerlo con nocturnidad y en soledad. Entró en el pequeño almacén que se encontraba junto a su despacho, un cubículo estrecho amueblado austeramente con una estantería de metal y una cajonera de madera, y separado del despacho por un biombo viejo. De un cajón extrajo una taladradora manual y algunas brocas de distintos grosores que había sustraído discretamente de la caja de herramientas de los mozos. Sacó de su bolsillo un papel en el que había anotado algo y midió la pared dando cinco pasos. A continuación situó un punto alineándolo con su cintura y golpeó hasta dar con un sonido hueco. Hizo una marca con el lápiz y colocó la taladradora con la broca más fina. Dio vueltas a la manivela pacientemente hasta que perforó el tabique. Cambió la broca por otra más gruesa y continuó girando el taladro con distintas brocas hasta que el agujero fue lo suficientemente grande para ver a través de él. De su bolsillo extrajo un paño estampado que se asemejaba en sus tonos a otra tela que no hacía mucho había alabado. Con un recorte hizo una pequeña muñequilla y la introdujo en el agujero. Buscó un martillo y clavó una punta de la que colgó un retrato de su madre. Salió del despacho complacido, comprobó una vez más con satisfacción el aspecto del comercio, apagó las luces y cerró la puerta dando dos vueltas a la llave. Se alejó unos metros caminando de espaldas, para así poder apreciar el fruto de tanto trabajo y tantas ilusiones.

Viernes

Una pesadilla

En la penumbra del tercero izquierda se revolvía María entre las sábanas. Intentó zafarse de algo que la atrapaba. Primero le sujetó un brazo, después una pierna. Pronto se vio atada por algo oscuro y vegetal que hacía daño. Pinchaba y presionaba. La fue empujando hasta obligarla a adoptar la posición fetal. Abrió los ojos con dificultad y se vio rodeada por una zarza de frutos rojos y espinas negras que se clavaban en su piel. Al fondo todo era rojo. Sentía calor y un sabor amargo en la boca, hierro oxidado que se descomponía en su saliva, polvo ácido. Las zarzas también habían llegado al paladar y le pinchaban la lengua. Intentaba respirar, pero tenía los brazos apretados contra su pecho y le resultaba imposible hacerlo. Quiso hacer fuerza y romper aquellas ramas, pero éstas se cerraron más a su alrededor y se encontró inmóvil. Perdió el conocimiento. Se vio en otro lugar. Pisó un desierto rojo y seco con las manos. Arena en la boca. Caminaba boca abajo por la arena roja, pero de pronto se dio cuenta de que era el

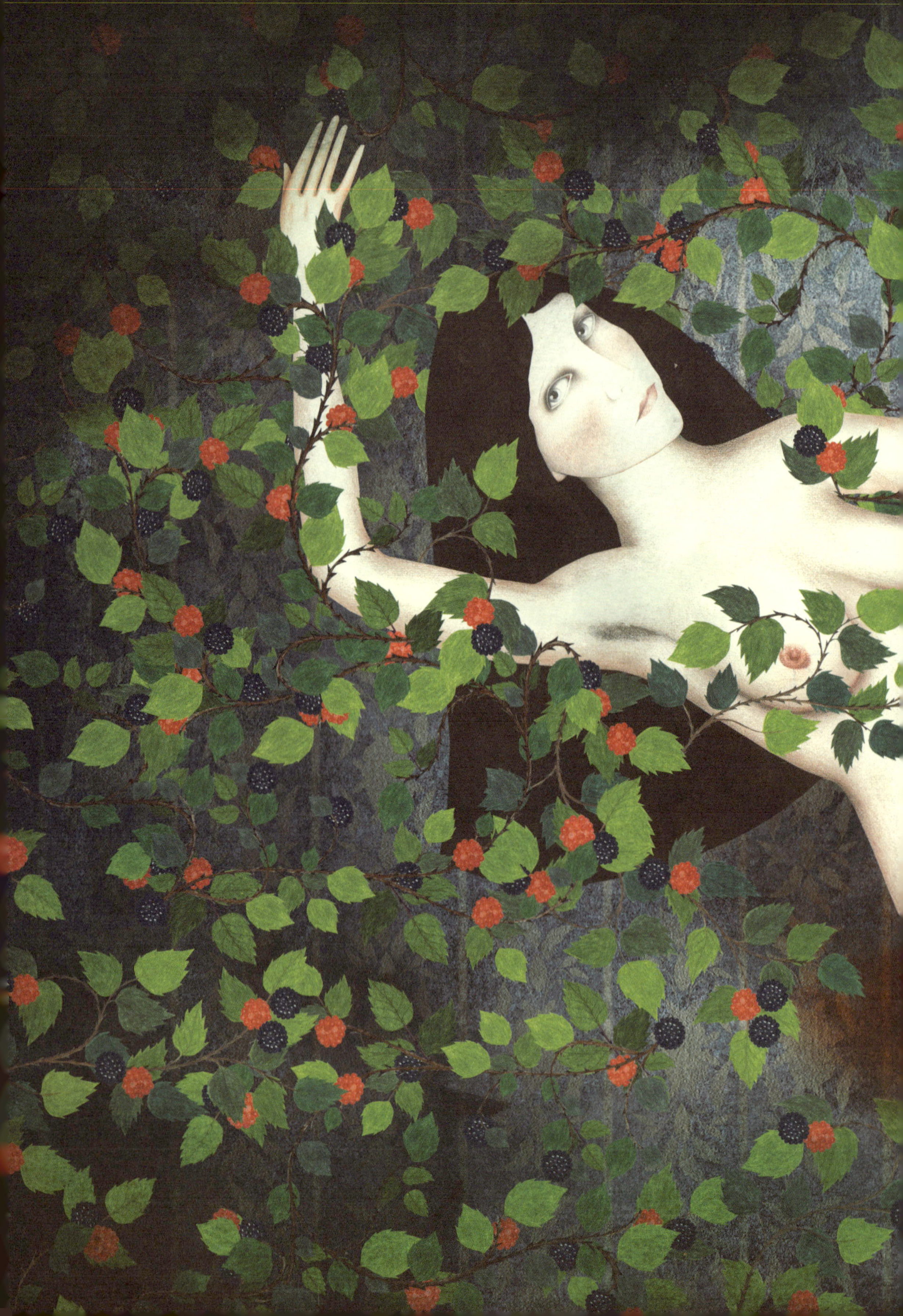

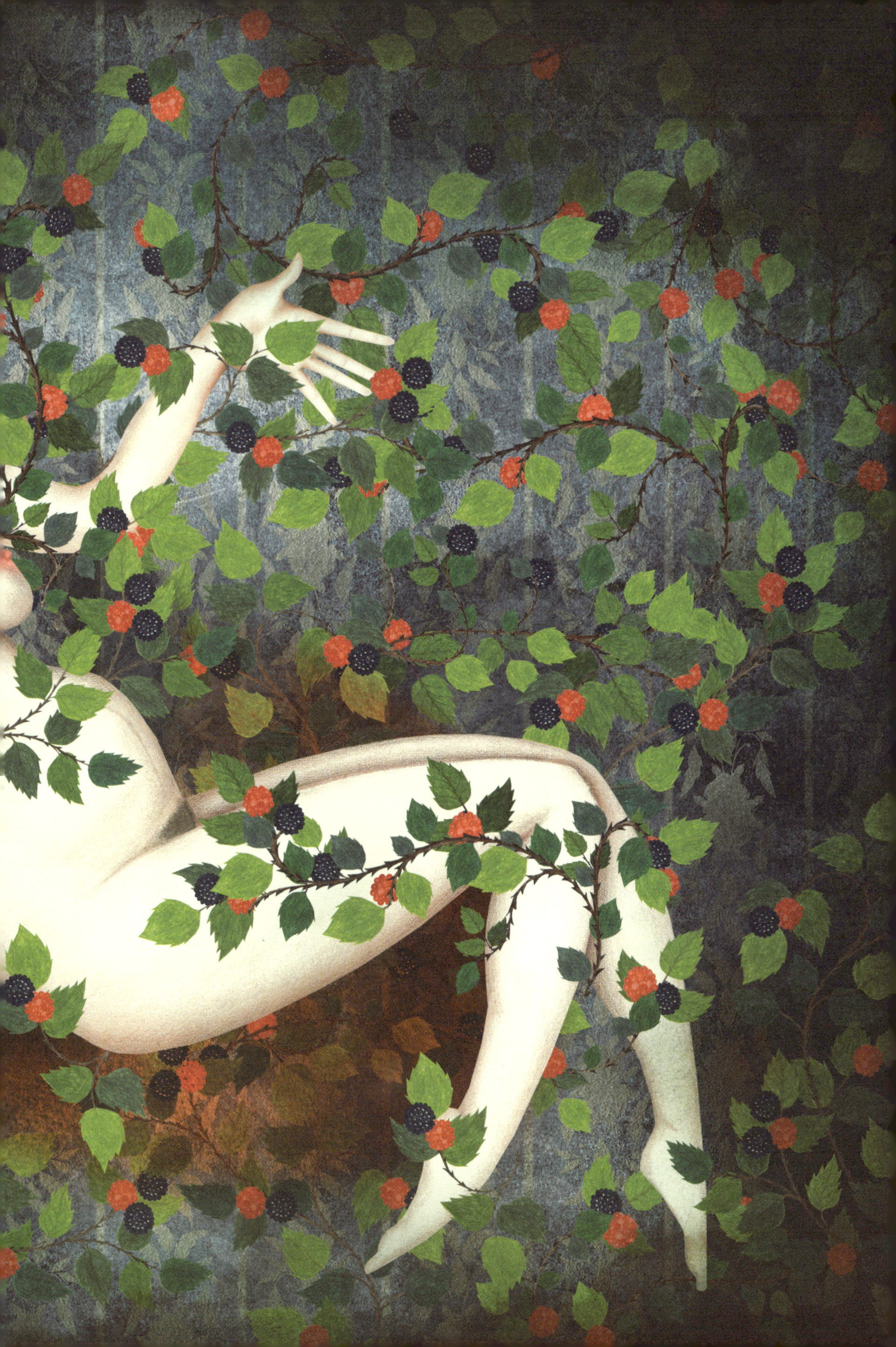

cielo el que era rojo y ella tocaba el agua, caminaba sobre él. Llovía. Se hundía en el cielo oscuro. Quería salir de allí. Volvió a abrir los ojos. Todo era negro y sentía escalofríos. Oyó un batir, un sonido constante que se acercaba. Abrió los ojos aún más para escuchar mejor. El sonido se acercaba al mismo tiempo que la oscuridad se disipaba y reconoció su estudio. Vio un movimiento en el lugar donde nacía aquel sonido, y percibió una respiración fuerte y segura junto a ella. Poco a poco, una figura.

—Estás delirando, por la fiebre. El doctor ha estado aquí. No te preocupes, niña, es discreto —dijo Carmen mientras abanicaba a María—. Me ha dado una receta para algunos remedios, te pondrás mejor. Debiste habérmelo contado, yo podría haberte ayudado desde el principio… estuve en la caldera. Lo vi. Menos mal que el señor Ruballo se ha dado cuenta de que algo no andaba bien. Bajó de madrugada, para avisarme de que había oído quejidos durante la noche —dijo Carmen—. De no haber sido por él no sé qué habría pasado. Ya te está bajando la fiebre —sentenció—, has estado muy enferma. Ahora todo va a ir mejor, nosotros te cuidaremos. —Carmen le retiró la toalla mojada de la frente y la hundió en el balde de agua fría. Se la volvió a poner en la frente. Estaba fresca y la joven sintió cierto alivio.

María dirigió su mirada hacia la ventana. La lluvia caía resbalando en los cristales. De la jaula vacía no salía ningún sonido. No sentía hambre, ni dolor. Sólo estaba aturdida, cansada. Vacía. No quería pensar en nada de lo que había sucedido ni en qué cambiaría a partir de ahora. No se sentía feliz por estar, como decía Carmen, recuperándose. No recordaba nada de hilos o telas, le daba igual si el agujero de la pared estaba tapado o al descubierto. Tan sólo añoraba el canto de aquel pájaro a través de la lluvia.

A través del agujero

Ruballo había llegado a la tienda al amanecer. Aunque no abriría hoy al público, quería dejarla lista para inaugurar la próxima semana. El sol despuntó por fin anunciando que la madrugada había dejado paso a la mañana y la vida llegó a la calle. Carros y coches, pasos acelerados en la acera huyendo de la lluvia, cláxones y voces.

Entró en su despacho y comprobó que los albaranes estaban correctamente sellados y que su sistema de archivo era rápido y eficiente; lo puso a prueba abriéndolo y sacando las carpetas de los raíles una y otra vez, como si se tratase de un sheriff ensayando con su revólver antes de enfrentarse al malhechor. Repasó la lista de invitados a la inauguración de la próxima semana y las confirmaciones correspondientes. No era una lista extensa pero entre las respuestas afirmativas había unas cuantas que él había considerado fundamentales y eso le enorgulleció. Después se concentró en el libro mayor que estrenaba y fue llenando de asientos las casillas «Debe» y «Haber» con esmero y tinta azul. Estaba ensimismado en su tarea cuando le llegaron unas voces amortiguadas a través del tabique que separaba su local y el de la boutique vecina. Tras las voces, el sonido metálico de una cortina al correr por la barra.

Ruballo se levantó con sigilo y curiosidad y lentamente descolgó el retrato de su madre. Aguantó la respiración al descorchar el agujero y sujetando la muñequilla de tela en la mano acercó la cara. Al principio no vio nada que se pudiera definir, pero pronto la mancha de color arena se alejó unos pasos y pudo ver con claridad el cuerpo de una mujer de cintura para abajo, primero su generosa cadera y luego su orondo torso formado por pliegues magros de piel que escapaban por debajo del encaje de la ropa interior. La dueña de la boutique apareció dentro del círculo con un vestido en la mano. Ayudó a la dama a ponerse el traje y luego repasó el cuerpo de la mujer mostrándole cómo fruncir la parte de arriba y cómo colocar

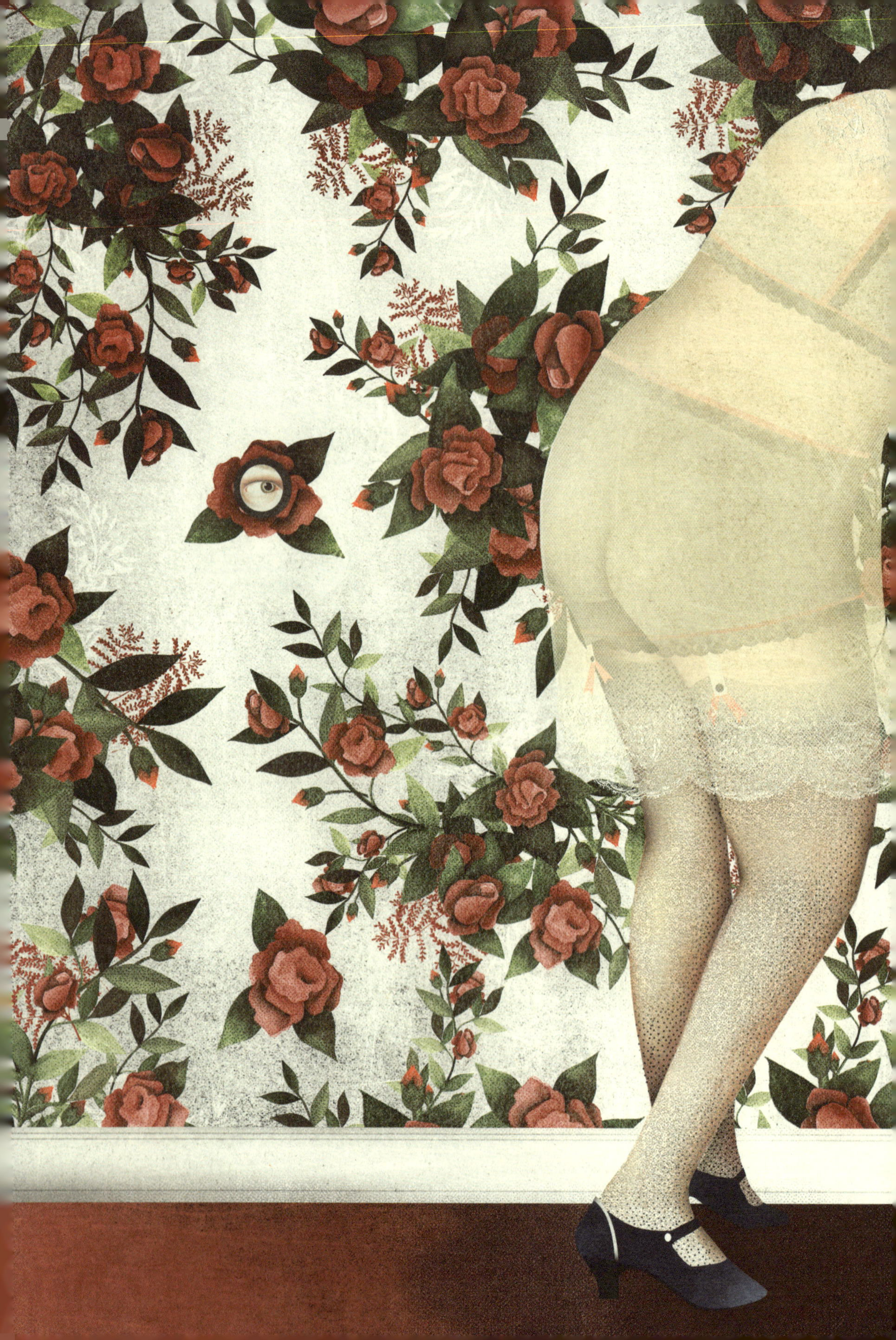

el escote. Fernando Ruballo permaneció pegado al agujero bendiciendo su suerte por haber encontrado un lugar así. La operación se repitió con dos vestidos más, al tercer intento la dama se distanció del espejo para verse mejor y por fin sonrió complacida con lo que veía, también lo hizo la dueña mientras la ayudaba a quitarse el vestido con suma delicadeza. Suspiró sin despegar la cara del agujero y se llevó una mano a la tripa, buscando de dónde procedía la turbación que lo desbordaba. Mientras, al otro lado de la pared, la señora se recolocaba debajo del encaje los pliegues de carne que se escapaban de sus pechos, cubría la piel encarnada de la ingle y el encrespado vello y sujetaba con ambas manos su cintura para recomponerse dentro de aquel armazón de fina seda. Ruballo respiraba profundamente, sin poder controlar aquella agitación. Apoyó una mano en la pared intentando recuperar el aliento. La señora terminó de vestirse sin ayuda y abrió la cortina. La madame la esperaba detrás del mostrador con un paquete cuidadosamente envuelto, la clienta abonó el importe y ambas mujeres se despidieron con sonrisas satisfechas y adioses, pero para entonces Ruballo ya no miraba, estaba sentado en el suelo, sin fuerza ni voluntad, saciado, como un muñeco de trapo desmembrado, recuperando su respiración e intentando comprender qué era aquel extraño sobrecogimiento que lo había dominado, aquel estallido de felicidad absurda.

Un paseo

Llamaron a la puerta y Berta fue a abrir. En el rellano, Clara esperaba oculta tras una estola que daba dos vueltas alrededor del cuello. Con una mano sujetaba el gancho de un guardapolvo largo, donde llevaba el vestido para el cóctel, con la otra, el violonchelo en su funda. Tenía los labios amoratados y temblaba de frío.

—Pasa, criatura, ¿tanto ha refrescado que vienes así?

—Y no sabes cuánto.

Berta cerró la puerta.

La espuma rebosaba de la bañera. Clara alzó la pierna y colocó el pie sobre el hombro de Berta.

—Pero no éramos muy novios que digamos.

—¿Perdona?

—El chico del que te he hablado y yo, el del conservatorio; nos estuvimos hablando unos meses, y nos besábamos, pero no pasó de ahí. Mis padres sabían de su existencia, conocían a su familia y anhelaban una boda, pero se quedó en nada. ¿Y tú?

—¿Yo? ¿Yo qué?

—Si has tenido novio alguna vez. ¿Cuando eras más joven, tal vez?

—No.

Clara se quedó callada unos segundos, esperando una continuación a lo que Berta estaba respondiendo, pero permaneció en silencio.

—Venga, contesta.

—Ya te he dicho que no —respondió Berta mientras jugaba con la espuma.

—¿Nunca? —insistió Clara.

—Bueno, he de confesarte algo. Hubo un inglés pura sangre en mi vida. —Berta le guiñó un ojo a Clara al salir de la bañera.

—¿Lo dices en serio?

—¿Lo dudas? Ha estado siempre en mi vida, desde la infancia.

—¿Inglés de Inglaterra? ¿Fue cuando estudiabas en Irlanda?

—Si quieres te lo puedo enseñar. Está en el otro lado de la casa, en la biblioteca de mi padre. Esto no lo puedes contar, prométemelo. —Berta volvía a estar seria.

—¿Está escondido?

—Yo diría que aburrido. Prométemelo.

—¡Prometido! Quiero verlo —dijo divertida Clara mientras salía de la tina.

—Pues ponte algo encima y vamos allá.

Ambas atravesaron la parte de la casa que estaba habitada, recorrieron su desangelado pasillo y dejaron atrás la alcoba, el salón y la salita del piano, la cocina y el recibidor. Berta abrió una puerta doble de cristal panelado y se adentraron en una parte de la casa con tanta personalidad como objetos decorativos, donde dejaron de oír el eco de sus pasos.

Clara miró a su alrededor y se vio rodeada de brillos dorados de diversas formas que reposaban sobre veladores de madera o ménsulas; candelabros y apliques se alzaban cubiertos de polvo sin perder la compostura. A cada lado del pasillo había varias habitaciones que permanecían abiertas y cautivadoras, como damas que enseñan las enaguas bajo el vestido; en una había viejos retratos de caballeros níveos y damas decimonónicas con un lejano parecido a su anfitriona. Otra estaba custodiada por el busto de alguna prima lejana de la Venus de Medici, que las contemplaba pasar desde su peana de ébano. La luz se volvía cálida en esa parte de la casa; las paredes empapeladas en un vivo rojo inglés envolvían de forma maternal, como un canal de parto por el que se ha de pasar pero en la dirección opuesta. Berta se adelantó hasta el final del ancho corredor y abrió una puerta al fondo que dio paso a una inmensa habitación. Permanecía en penumbra cuando Clara entró en ella. Berta descorrió unas pesadas cortinas de color rojo cardenal y la claridad hizo que las sombras y siluetas se desvanecieran. En medio de la estancia vio al alazán erguido con dignidad sobre una tarima con ruedas, una placa dorada desvelaba el nombre del caballo, Lord. A su alrededor las paredes estaban cuajadas de estanterías llenas de libros; unos de lomos labrados con pan de oro, otros más antiguos con aspecto de incunable. De cada mueble de madera colgaba una bolsa de bellotas para alejar la carcoma. Y había sillas bajo sábanas grises, repartidas por la estancia como si fueran pequeños fantasmas jugando al escondite inglés.

—Impresionante. Así que éste es tu galán.

—Un purasangre. Lleva mucho tiempo en la familia.

—Está apolillado —exclamó Clara acariciando al caballo—. ¿Cuál es su historia?

—Era de mi abuelo. Lo hizo traer de Inglaterra. Murió o lo sacrificaron, y mi abuelo le encargó a un taxidermista que le diera larga vida como animal decorativo. Desde que tengo uso de razón, el caballo ha estado en esta biblioteca. Antes estaba allí. —Berta señaló un extremo de la habitación que aún permanecía a oscuras, y se acercó para abrir también aquellas cortinas—. En esta mesa solía trabajar mi abuelo, después la usó mi padre.

—Y tú la mantienes en penumbra, como al alazán. —Clara la miró fijamente.

—Forma parte de un pasado que ya no me pertenece, todo esto me es ajeno.

—Pero forma parte de tu infancia, Berta. ¿Por qué no te has deshecho de ello, entonces?

—Porque no lo necesito, lo mantengo alejado y en penumbra, tú lo has dicho, pero, querida, no hay ningún misterio en mi vida, no pienses que oculto un pasado desdichado; todo lo contrario. —Berta no disimulaba su malestar—. No hay nada en mi pasado que no quiera recordar, simplemente se da la circunstancia de que no queda nadie de mi familia, salvo yo (y este muchacho inglés), y no necesito nada de lo que ves aquí, excepto algunos libros que guardo como oro en paño y protejo de la luz del sol —extrajo un libro de la estantería y se lo mostró orgullosa a Clara—; lo explica eso que tú llamas «penumbra existencial». Y no olvidemos que estamos hablando meramente de decoración. Todo esto es ornamental. Y demasiado barroco para mi gusto, por Dios, mira este reloj, con tanta filigrana dorada no se ven ni las agujas, sólo destellos.

—No, Berta. Los objetos que pertenecieron a otros guardan algo de su carácter, su personalidad se impregna en ellos; al verlos y tocarlos no sólo aprecias su valor, sino que te traen recuerdos de las personas que antes que tú los poseyeron.

—Estamos sacando las cosas de quicio. Yo tenía una excelente relación con mis abuelos y con mis padres. Mi padre era un hombre recio y exigente, pero afectuoso. Murió cuando yo estudiaba fuera y mi madre me trajo para terminar los estudios aquí; me necesitaba cerca y que estuviera arropada por la familia. Mi madre era dulce y cultivada, comprensiva y cercana. Tuve la gran suerte de disfrutar de su compañía mucho tiempo, y ella tuvo una vida plácida y feliz. La echo mucho de menos, como a todos, pero no tengo necesidad de tener objetos cerca para recordarla. Están en mi corazón y los recuerdos me arrebatan cada vez que me miro al espejo, créeme, pues estos ojos que te miran pertenecieron a mi padre, y estos labios que te besan fueron los de mi madre. Como ves, no hay nada en mi vida que no tenga una explicación sencilla.

—Pero ocultas...

—No oculto, sólo protejo —concluyó Berta volviendo a cerrar con desgana las cortinas, no sin antes fijarse en el atardecer que asomaba sobre los tejados—. Se hace tarde y tenemos que prepararnos para la *petite fête*. Dime, ¿cuál es tu repertorio para esta noche? —Berta puso su mano en el talle de Clara y la sacó sutilmente de la habitación, tomando el camino hacia el otro lado de la casa.

El artista vuelve

Una cortina de lluvia golpeaba con fuerza los cristales del ático. Había refrescado, el otoño entraba sin llamar a la puerta. La Musa llevaba toda la mañana frotándose la cadera derecha, se resentía con la humedad y eso la ponía de mal humor. Había vagado de un lado al otro de la buhardilla, de vez en cuando se acercaba al gato y lo acariciaba, pero el animal era arisco y no devolvía las carantoñas, entonces la Musa recogía su muleta del suelo y reanudaba la carrera de cinco metros y media vuelta; llegaba hasta una punta y una vez allí se volvía, resoplando y maldiciendo por el dolor. A ratos se paraba bajo la claraboya y contemplaba la lluvia que se precipitaba contra el cristal, ensimismada, hipnotizada por ese sonido durante un par de minutos, tal vez más. En esos momentos de calma todo se detenía; el tiempo, el dolor, la lluvia. Cuando volvía en sí, miraba a su alrededor y en cuanto se daba cuenta de dónde estaba, de la soledad que la acompañaba y de lo desapacible del lugar, suspiraba tan hondamente que la respiración se tornaba en un gemido, pero no llegaba al llanto. Aún conservaba fuerzas para no caer en el abatimiento.

El movimiento enfurecido empeoraba su lesión, por lo que al final de la mañana el dolor se fue agudizando. Se vio obligada a recostarse en el catre y cubrirse con una vieja manta. El gato, atraído por la promesa de calor, se acercó poco a poco, aún estaba débil, y se tumbó sobre su cadera. La presión y el calor que desprendía el animal alivió el dolor. La Musa respiró profundamente y cerró los ojos hasta caer en un ligero sueño del que despertó al sentir unos pasos al otro lado de la puerta, seguidos del sonido de la llave al girar dentro de la cerradura. Se incorporó; atardecía, pero a pesar de la penumbra pudo reconocer la figura bajo el umbral. Fueron tantos los pensamientos, las preguntas y los reproches que se arremolinaron en su cabeza que no alcanzó a pronunciar ni una sola palabra. Tan sólo contempló la sombra que se colaba tras la luz y esperó. El artista dio unos pasos y movió una mano a modo de leve saludo, pero tampoco dijo nada. Avanzó y sin cerrar la puerta se agachó buscando algo que finalmente encontró. Él la miró, se miraron, pero siguieron sin mediar palabra. Se oyeron unos pasos, un ligero taconeo marcando un compás de espera en el descansillo. La Musa volvió la mirada y supo que quien allí esperaba sin atreverse a entrar era una mujer de elegante figura, anchas caderas y muslos firmes. Los brazos de aquella figura se apoyaron en la balaustrada. Era una sombra negra, se dijo la Musa, sólo una sombra negra. Pero la sombra se impacientó y decidió asomarse al umbral. El artista se volvió y alargó la mano enérgicamente, indicándole que esperara fuera, pero ya había entrado. La Musa ahogó un quejido al contemplar a aquella mujer, tan similar a ella misma. Piel morena, ojos brillantes y rasgados. Tenía una nariz larga y un poco curva, al igual que ella, los labios finos y rectos, el cabello, de ondas oscuras, y la misma mandíbula angulosa. El parecido era asombroso, pero aquella mujer tan joven se movía de forma ordinaria, sus modales eran toscos y sus gestos desmañados. Era una copia vulgar, un dibujo calcado sin ganas. Una ofensa, un desprecio. Una imitación, pensó la Musa, pero una imitación que se mueve, que se contonea, que se apoya en el umbral sólo porque lo desea, y no porque lo necesite, y este pensamiento resultó demasiado doloroso para ella.

El artista se incorporó con rapidez y se llevó su caja de óleos y algunos utensilios más que alcanzó a coger en su marcha, que fue más una huida a cámara lenta. Cerró la puerta despacio, sin dejar de mirar a la que hasta entonces había sido su amante, su inspiración y su compañera. Su rostro era un lamento, una disculpa, o tal vez… La Musa no lo supo interpretar. Permaneció imperturbable mientras él cerraba la puerta. No había reproche ni tristeza reflejados en la cara de la Musa, tan sólo una tensión ligera en las sienes, un gesto que el artista conocía bien pero que ya no servía de nada.

Algo en el suelo y junto a la puerta llamó la atención de la Musa; algo oscuro que se movía con rapidez hacia el exterior. El gato salvó el rabo en el último segundo antes de que la puerta se cerrara. La Musa no movió ni un sólo músculo, no hizo ni un ademán para detener a ninguno de los dos. Se quedó mirando la puerta cerrada, tratando de dar forma a aquellos últimos minutos. Cuando lo consiguió, cuando comprendió el alcance de lo que acababa de suceder, cuando toda su esperanza se desintegró y desapareció de su horizonte, cuando el propio horizonte se difuminó, comenzaron a correr lágrimas pesadas por sus mejillas. Una detrás de otra. Cayeron tantas lágrimas que el cuello de su camisa se humedeció a los pocos

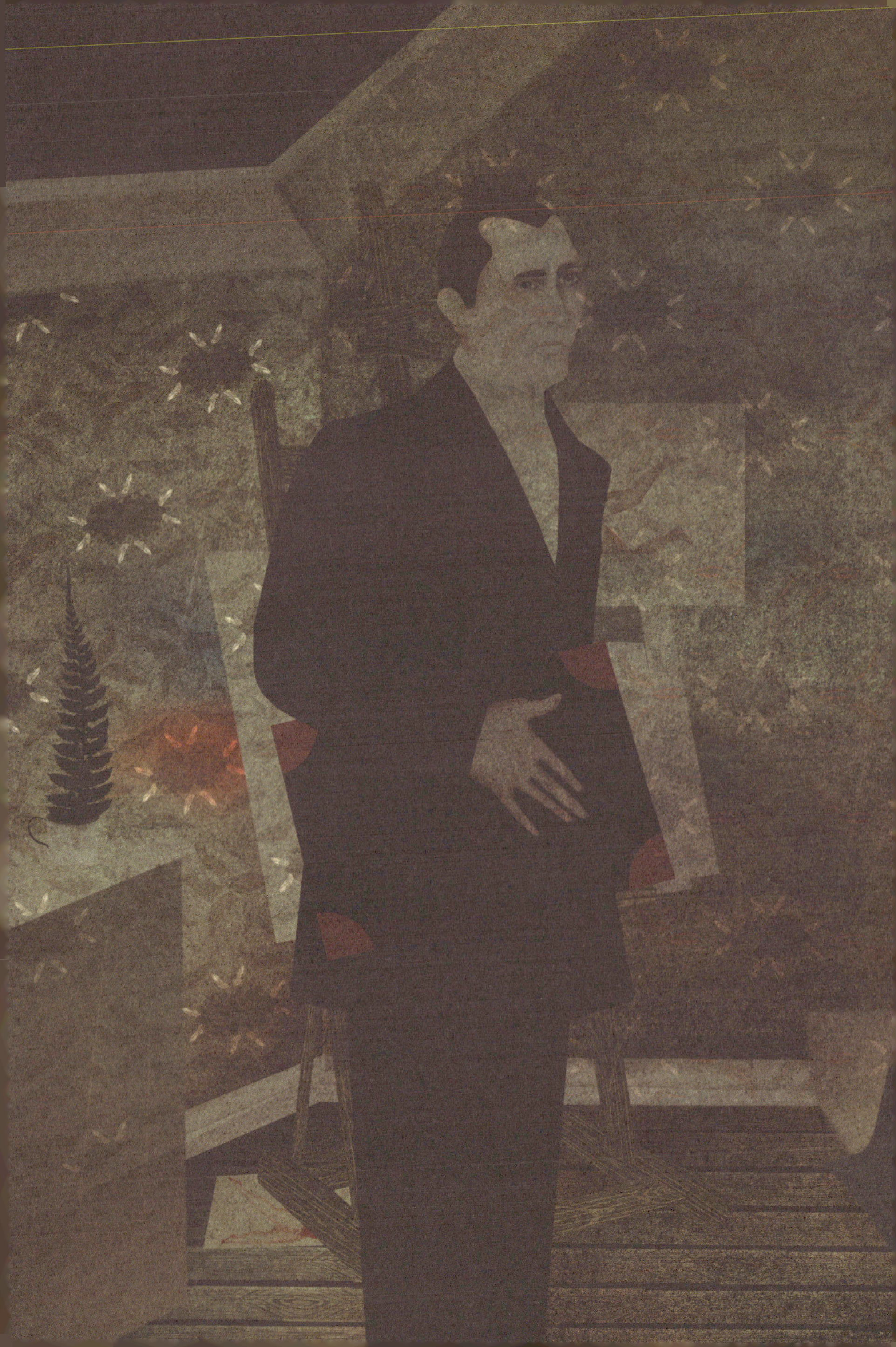

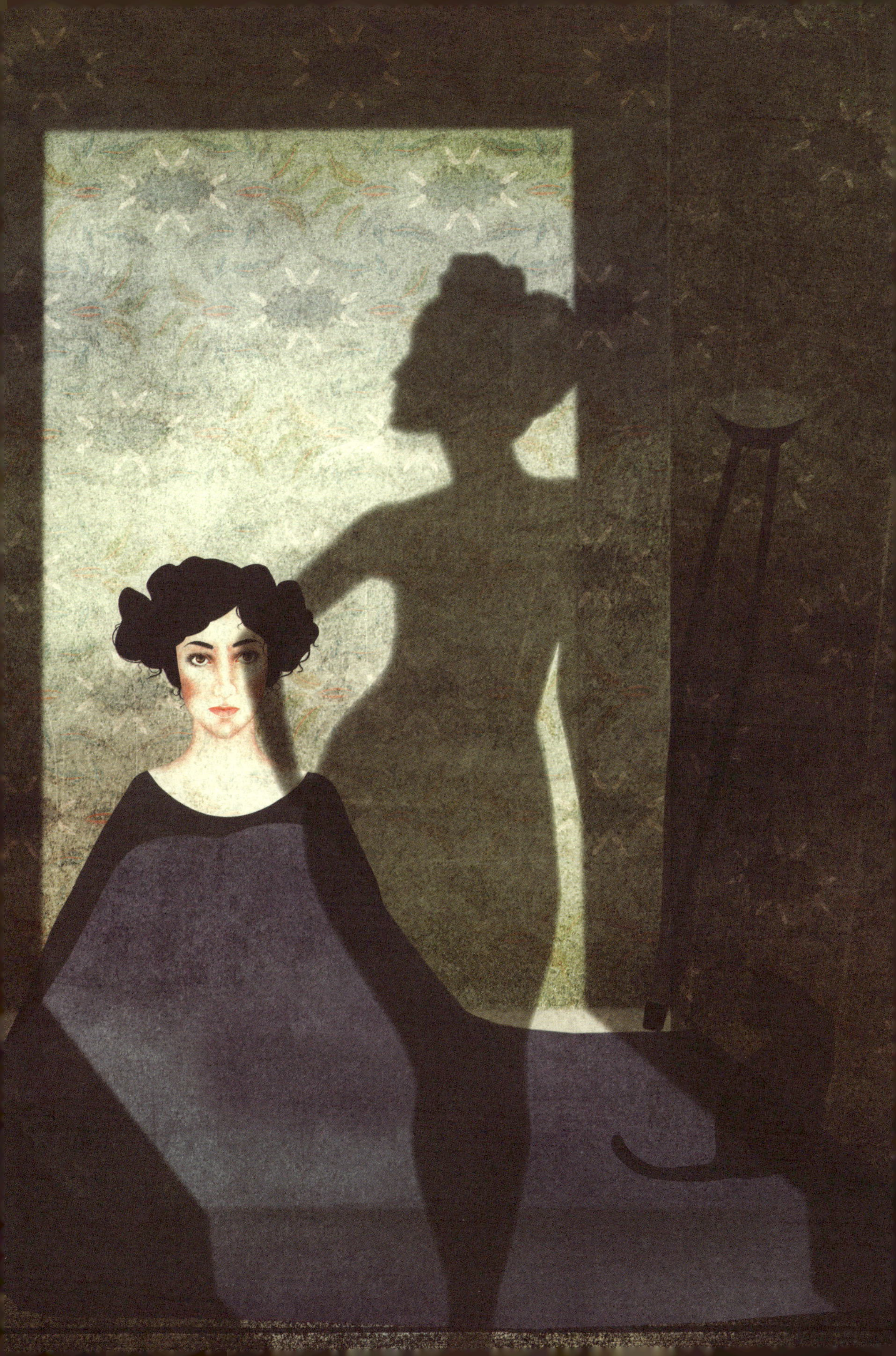

minutos. Lloró en silencio, sin mover ni un solo músculo. Su boca permaneció recta y sus ojos fijos en la puerta. No hizo ni un gesto para cubrirse la cara, no sollozó ni temblaron las aletas de su nariz. Tan sólo lloró calladamente, inmóvil, hasta que ya no pudo llorar más y al cabo de unos minutos, se levantó. Revolvió la habitación casi a oscuras y alcanzó la caja de hojalata del artista. La abrió y sacó su traje de funámbula y sus zapatillas de piel. Comenzó a desvestirse.

Encendió una lamparita con poca intensidad y extendió la ropa que llevaba sobre el catre, dispuesta como cuando vas a utilizarla al cabo de un rato y no quieres que se arrugue. Se observó desnuda en el espejo, con su columna rotada, su cadera descolgada, su cuerpo asimétrico y herido, las cicatrices en la rodilla y rodeando el fémur, como la marca de fuego de una vaca. Se puso su traje de llamas. A pesar de su cuerpo deforme, aún cabía dentro y seguía sintiéndolo como su propia piel, pero tuvo que apartar la vista del espejo. Se calzó y buscó algo de maquillaje, al fondo de la lata. Comenzó con los polvos de arroz, luego abrió un lápiz de labios y con un pincel fino fue marcando las líneas de una llama en un párpado, luego en otro. Le temblaba el pulso y las llamas de su cara se convirtieron en un incendio que ascendía hasta la frente. La máscara de pestañas estaba seca, por lo que utilizó un óleo que encontró por el suelo y lo extendió con un cepillo pequeño por las pestañas. Los vapores del óleo irritaron aún más sus ojos. Perfiló los labios con esmero, como un corazón, pero la pintura formó un patrón de arterias en las comisuras. Las mejillas encendidas dieron por finalizado el trabajo.

Cuando se contempló en el espejo la autocompasión se apoderó de ella. El maquillaje temblaba en su rostro. Los ojos, brillantes e hinchados por el llanto, como los de un ciervo en medio de un incendio. Los labios, inflamados y rojos, las mejillas que ya no eran suyas y que ya nadie quería, eran ascuas y bosque calcinado. Y el desánimo, eso era lo peor de todo. Pero había una cosa que aún podría hacerla feliz, algo que le daba esperanza, algo que podía recuperar ella sola, sin ayuda. Tenía que intentarlo. Abrió la puerta y siseó en busca del gato, pero había desaparecido definitivamente, como todo lo demás. Cerró cuidadosamente la puerta del estudio, no quería llamar la atención de ningún vecino, y apoyada en su muleta emprendió su camino hacia el tejado.

Deshilvanando

Carmen pensaba en los acontecimientos de los últimos días mientras picaba la verdura en juliana; quería subirle un poco de caldo a María para que lo tomara con las medicinas que había recetado el doctor. Echó un vistazo al otro lado de la cocina y comprobó que Emilio seguía allí sentado, mirando hacia el infinito con la boca entreabierta y humedecida. Cada vez que se volvía lo encontraba más ausente, más perdido en sus pensamientos. Terminó de echar la verdura y tapó el cazo justo cuando Berta golpeó el marco de la puerta con decisión.

—Buenas tardes, Carmen —dijo la patrona ignorando a Emilio—. Necesitaría con cierta urgencia ayuda de María, ¿podrías ir y pedirle que vaya a casa? Es preciso que suba una bastilla y dé unas puntadas a un talle, tengo una fiesta esta noche y necesito esos arreglos.

—Señorita, la niña del tercero está con gripe en la cama —se excusó Carmen—. Ya se lo hago yo.

—Bien, si no es molestia, te lo agradezco mucho —dijo Berta—. Por favor, tráete hilo de color verde esmeralda, porque yo sólo tengo un carrete de hilo negro.

—Muy bien, señorita Noriega. En cinco minutos estoy arriba.

Carmen subió en silencio las escaleras hasta el piso de Berta. Con ambas manos sujetaba contra su pecho un pequeño costurero de mimbre que previamente había revisado. No faltaba el hilo esmeralda ni el dedal y el acerico de pulsera estaba bien surtido de alfileres. Qué sería de aquel costurero de madera con cuatro patas, grande como un mueble, que tenía doña Antigua, la madre de Berta, se preguntó. Estaba repleto y siempre de lo bueno, lo mejor: hilos alemanes de costura y de bordado, agujas de acero que jamás se partían y unas diminutas tijeras doradas con forma de pato y sus iniciales grabadas y adornadas con filigranas. Con mangos de oro, creía Carmen. Seguramente Berta lo vendió o se deshizo de ello, se dijo la portera al alcanzar la puerta del primer piso. Golpeó suavemente la puerta y bajó la cabeza esperando a que Berta la abriera.

—Carmen, ya estás aquí —susurró Berta con un tono de regañina suave, inusual en ella—. Pasa hasta el fondo.

—¿Hasta el fondo, señorita? —preguntó Carmen, sorprendida.

—Sí, mujer. Hasta la sala del piano. Ahí está el traje que has de arreglar.

Carmen atravesó la puerta de entrada titubeando, avanzó por el pasillo alentada por Berta en todo momento, que agitaba la mano invitándola a pasar. Al llegar a la habitación miró alrededor. Todo parecía limpio y recogido. Olía a tabaco y a perfume. Las alfombras habían sido sacudidas no hacía mucho, no cabía duda, y los cristales no estaban demasiado sucios. No había muchos adornos ni muebles auxiliares, era natural la ausencia de polvo; aun así el piso estaba impecable. Sintió la decepción pinchando su pecho. Berta la invitó a esperar unos minutos.

—Siéntate ahí. Deja el costurero en la mesa, si quieres. Te lo vas a clavar en el pecho —dijo mientras sujetaba su hombro y la empujaba al asiento sin brusquedad—. Ahora vendrá Clara, que se está poniendo el vestido y los zapatos, para que cojas el bajo y algún fruncido en la cintura.

—¿Clara, señora?

—Sí, es mi acompañante —respondió Berta con naturalidad.

—Entiendo —exclamó Carmen sin comprender ni una palabra—. Van a una fiesta, ¿verdad?

—No te preocupes —dijo Berta abandonando la habitación, y la conversación—, son cuatro puntadas. Ahora le digo a Clara que venga.

Berta salió, dejando a Carmen sola y sumida en la confusión. Se frotaba las rodillas con ambas manos de forma nerviosa y miraba a su alrededor tímidamente en busca de alguna pista que revelase quién era esa Clara que se hacía esperar.

—Perdóneme, perdóneme. La he hecho esperar mucho —dijo precipitadamente una joven belleza, a ojos de Carmen, de cabello claro y hechuras menudas; poca estatura y escasa cadera, juzgó rápidamente la portera mientras calculaba con precisión cuántos frunces tendría que meter en aquella tela. Llevaba un vestido verde, muy elegante pero demasiado grande para ella. Recordaba haberla visto en el portal alguna vez o subiendo las escaleras hacia el piso de Berta, siempre acompañada por ese pesado instrumento musical.

—No se preocupe, señorita —respondió Carmen mientras se colocaba las gafas y el acerico en la muñeca—. Yo no tengo otra cosa que hacer ahora —mintió—. Bien, vamos a ver. Le queda un poco grande, pero se puede meter por aquí y por aquí. Cuidado, no se pinche, voy a coger los frunces con alfileres.

—Qué amable, qué bien que esté usted aquí y que sepa coser. Yo sólo sé hacer mantelitos de ajuar.

—¿Se casa usted? —quiso saber Carmen aprovechando que la patrona no estaba cerca; seguro que desaprobaría sus indiscretas preguntas.

—No, no. Pero el ajuar está ahí, lo he ido preparando poco a poco desde que tenía diez años. Ya ve. El bajo, habrá que subir la bastilla. No corte la tela, por favor, es importante que el vestido se conserve tal y como es. Quién sabe, Berta podría querer ponérselo alguna vez...

—¿El vestido es de la señorita Berta, entonces?

—Sí. Se lo compró para asistir a esta fiesta, pero me lo cede esta noche —respondió jovial Clara—. El mío era muy soso, y éste, sin embargo, es tan bonito...

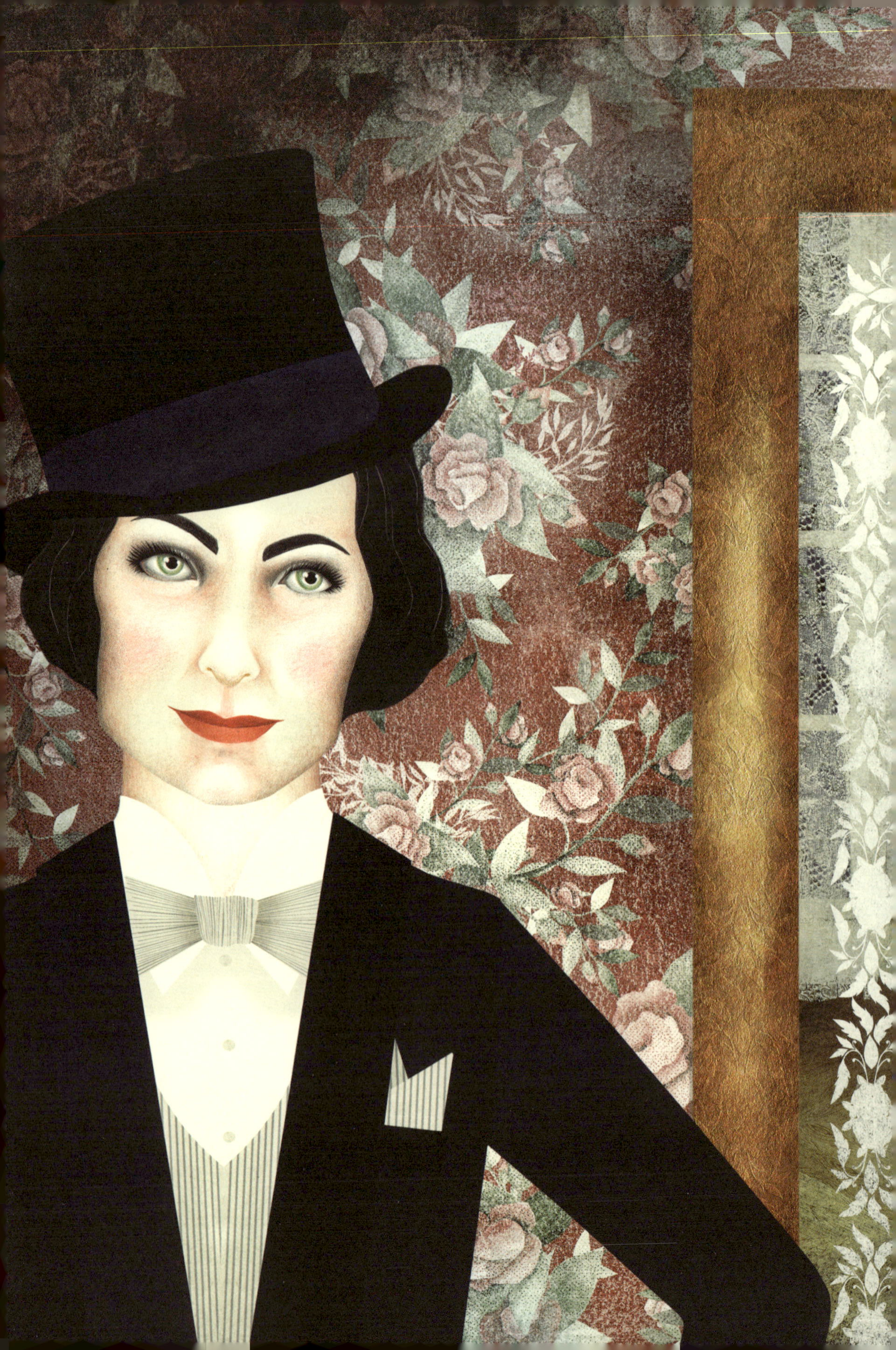

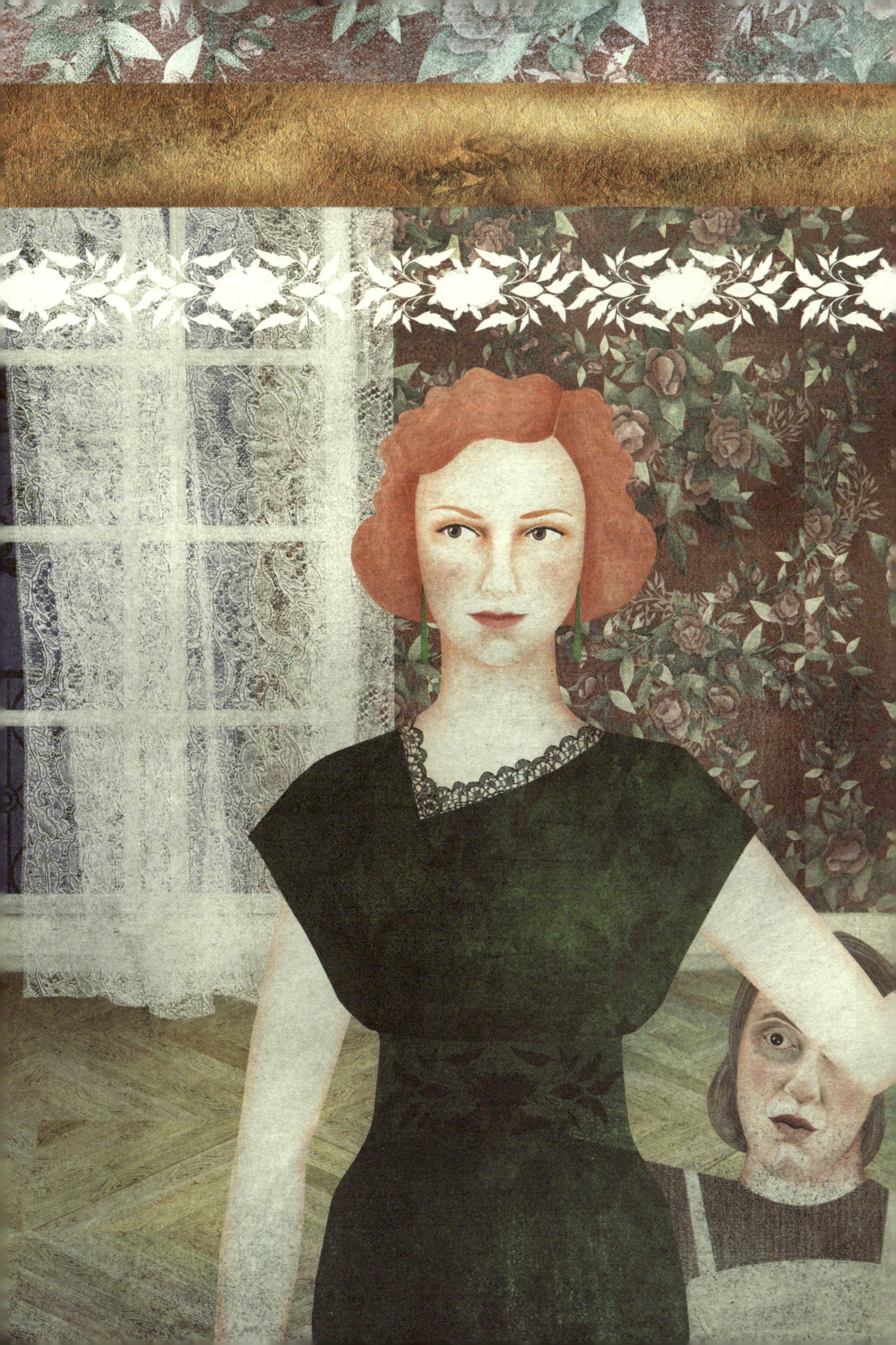

—Comprendo —dijo Carmen, que no se atrevió a preguntar más—. Bien, creo que cogeré un poco los hombros y la cintura, es lo único que puedo hacer para que encaje el pecho sin deshacer la pieza entera... —Y le mostró el arreglo recogiendo la tela con las manos.

—Parece hecho a medida, es usted una artista, Carmen, ¿cuánto cree que tardará?

—Le paso el hilván, lo probamos y lo coso en menos de una hora, señorita. Luego lo plancho y estará listo.

—Me parece muy bien, Carmen. La dejo trabajando, aprovecho este rato para acicalarme y peinarme —se despidió Clara.

—Estás preciosa —es todo lo que alcanzó a decir Berta cuando Clara terminó de probarse el vestido verde, ya cosido y rematado. Carmen, arrodillada, retiraba algunos hilvanes que se habían quedado en la tela. Alzaba la vista discretamente para contemplar a ambas mujeres y se sorprendió al ver a su patrona vestida como un hombre y maquillada como una cabaretera—. Maravillosa, arrebatadora, bella, elegante. Será mejor que nos vayamos, van a dar las seis y media y a esa hora nos espera un coche delante del portal.

—Sí, creo que el vestido está ya, ¿verdad, Carmen? Ha hecho usted una maravilla —alabó Clara.

—Sí, Carmen, esto merece un extra en tu salario, no lo olvidaré.

—Muchas gracias, espero que lo pasen ustedes bien, señoritas —dijo Carmen incorporándose y recogiendo los hilos blancos de su delantal.

Berta guió a las dos mujeres hasta la puerta de salida y se aseguró de que todas las luces estaban apagadas. Dio doble vuelta a la llave y las tres bajaron las escaleras.

Cristales

Seguía lloviendo. El aguacero caía con furia y eso fue un motivo de alegría para la Musa. Le gustaba aquella lluvia, aquella rabia y fuerza con la que caía. Sentía que estaba en comunión con aquellas gotas. Con tiento y pasos medidos se acercó a la vidriera de cristal, estaba oscura pero la luna se reflejaba en el agua de lluvia que se estancaba en la cristalera. Sería fácil saltar. Calculó dónde clavar la pierna izquierda para no quedar enganchada al plomo que unía los cristales. No quería más dolor, ni más heridas en su carne. Sólo caer y disfrutar de esa caída. Lo que sucediese al llegar al suelo ya poco le importaba. De pronto todo fue luz y color, algún vecino subía o bajaba las escaleras en ese momento y la luz se encendió. Aquella persona no tenía nada que ver con la grandeza que se gestaba aquí arriba, pensó la Musa. La superficie del tejado se iluminó lo suficiente como para que se fijase en las gárgolas, se acercó a la que estaba herida. «Pobre animal», susurró. Y reparó en el cabo. Bien, tendría con qué lanzarse. La caída sería la misma, pero al menos no llegaría a tocar el suelo.

No lo pensó mucho. Anudó el cabo dándole forma de aro e introdujo la cabeza en él. Concluyó cuál sería el cristal por el que saltaría, y así lo hizo. Cerró los ojos, arqueó los brazos sobre la cabeza, alzó la pierna derecha y la mantuvo unos segundos, temblando y tensa, y justo antes de perder el equilibrio saltó hacia el cristal elegido. En su cabeza, un único pensamiento. Ese vértigo, ese maravilloso vértigo. Y cayó, llevándose por delante una explosión de cristales de colores y un estruendo musical que retumbó en todo el edificio.

Las tres mujeres salieron por la puerta y bajaron con calma las escaleras. Berta y Clara reían y cuchicheaban agarradas del brazo. Carmen las seguía, sujetando contra su pecho el costurero, perpleja por la naturalidad con la que se comportaba su patrona.

Llegaron al portal, el taxi esperaba en la calle. En ese momento Roberto López entraba en el edificio, sujetó la puerta a las dos mujeres y las saludó con inusitado alborozo que, insólitamente, fue correspondido de la misma forma.

—¡Buenos tardes, señoritas! Cuánta elegancia, señorita Noriega, maravilloso atuendo —dijo rodeando a su casera y fijándose en los detalles del cuello y los puños del frac—. ¿Van a una fiesta?

—Sí, señor López, vamos a una velada musical, mi buena amiga Clara nos deleitará con su violonchelo —dijo alzando la funda del violonchelo que ella misma llevaba—. Gracias por sus palabras, este maravilloso frac era de mi padre —dijo con orgullo.

—Soy la señorita Mendia, encantada, señor López —Clara le ofreció la mano y Roberto la aceptó.

En el momento en que estampaba un beso en el dorso de su mano, un ruido de cristales seguido de un grito los sorprendió. Berta soltó el violonchelo y corrió hacia el interior. Clara soltó la mano y la siguió. Roberto y Carmen corrieron detrás de ellas y cuando llegaron a la altura de las escaleras vieron cómo algunos cristales de colores caían al suelo. Los cuatro alzaron la vista y contemplaron con horror el cuerpo de la Musa colgado de una soga que pendía de la vidriera destrozada del tejado.

Luisa López y su hijo asomados a la escalera miraban con estupor el cuerpo que se balanceaba. Ruballo ayudó a que María alcanzase la barandilla y ambos se agarraron a ella con fuerza, Roberto no podía apartar la vista de aquella figura y de su traje de lentejuelas. Subió unos peldaños y al llegar a su altura, en el segundo piso, la miró de arriba abajo embelesado.

Se percató de que la Musa seguía viva, con la caída no se había roto el cuello. Se estaba ahogando.

—¡Ayúdenme a subirla! ¡Está viva! ¡Que alguien me ayude! —gritó.

Berta y Clara corrieron escaleras arriba con la intención de sujetar la cuerda desde el tejado. Justo en ese momento Emilio sa-

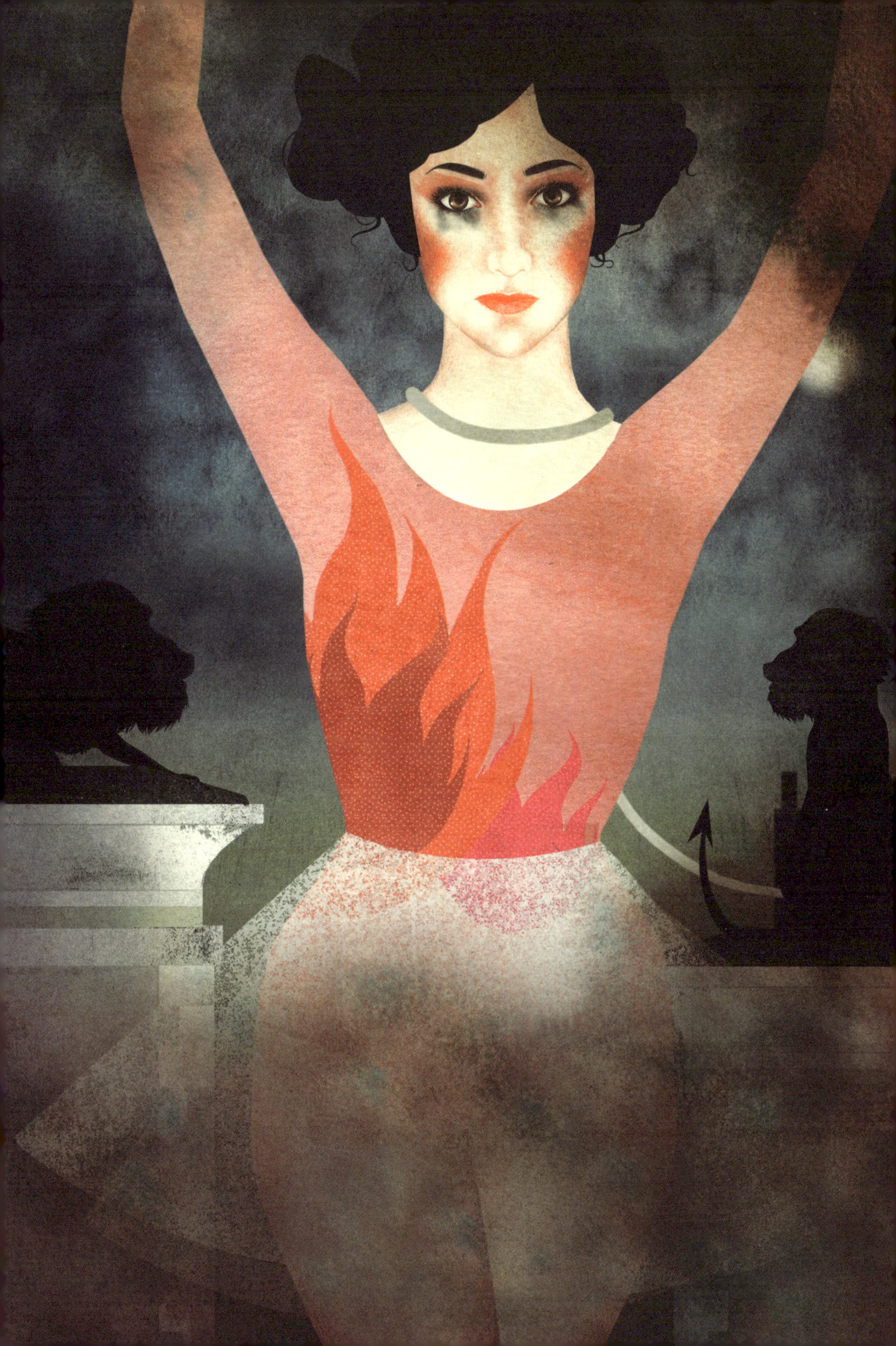

lía de la carbonera con la carretilla cargada, ajeno a todo. Carmen gritó su nombre e hizo gestos para que subiera a ayudar a las dos mujeres, el portero soltó rápidamente el carro, volcando parte del carbón en el suelo, y corrió mirando hacia arriba para comprobar cuál era el problema. Cuando vio el cuerpo colgando y reconoció a la muchacha del ático se quedó congelado al pie de la escalera. Un ruido ensordecedor en el tejado hizo que todos se detuvieran justo donde estaban, mirando hacia la cristalera hecha añicos y esperando descubrir de dónde procedía. De pronto, la gárgola asomó la cabeza entre los cristales del techo ante el estupor de todos y el terror absoluto de Emilio, que veía cómo sus predicciones se cumplían.

El cuerpo de la Musa volvió a caer unos centímetros, agonizando aún. La gárgola avanzó sobre la cristalera que se terminó de quebrar y la figura de piedra cayó desde el tejado. Durante la caída Berta y Clara la siguieron con la mirada, Luisa y Vicente apartaron la suya, Ruballo cogió la mano de María, Carmen y Roberto se taparon la cara y Emilio gritó.

Emilio no recordaría jamás lo que sucedió a continuación, pero Carmen no podría olvidarlo. La Musa se estrelló contra el frío suelo de mármol y se hizo añicos como una muñeca de porcelana, un segundo después la gárgola se abalanzó sobre ella y ambas se convirtieron en un amasijo de piedras y sangre sobre el tablero de ajedrez del suelo. Lo siguiente que recordaría Carmen fue a su marido envuelto en gritos ensordecedores, acusando a la gárgola de criminal, dando la bienvenida al fin del mundo y aventurando la muerte de todos los vecinos, señalándolos uno a uno entre alaridos y jadeos, y echando espuma por la boca. Carmen, con ayuda de Berta, tuvo que sujetarlo contra el suelo hasta que cayó rendido. Así lo retuvieron hasta que llegaron la autoridad y los sanitarios, y él mismo le rogó a un enfermero, llorando como un niño, que lo sacara de ese edificio porque esa gárgola que había matado a la muchacha tenía dos hermanas más, agazapadas en el tejado.

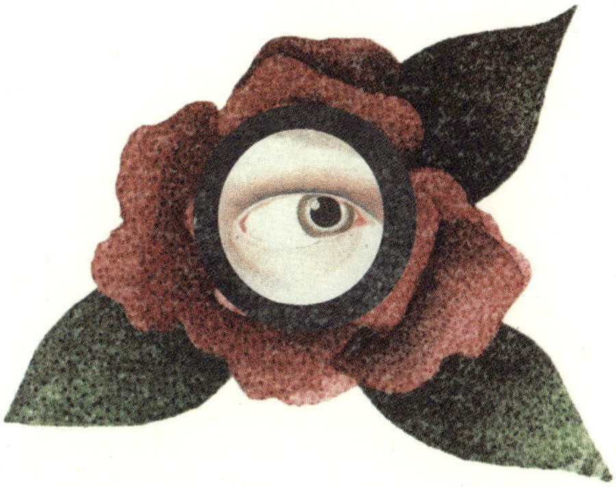

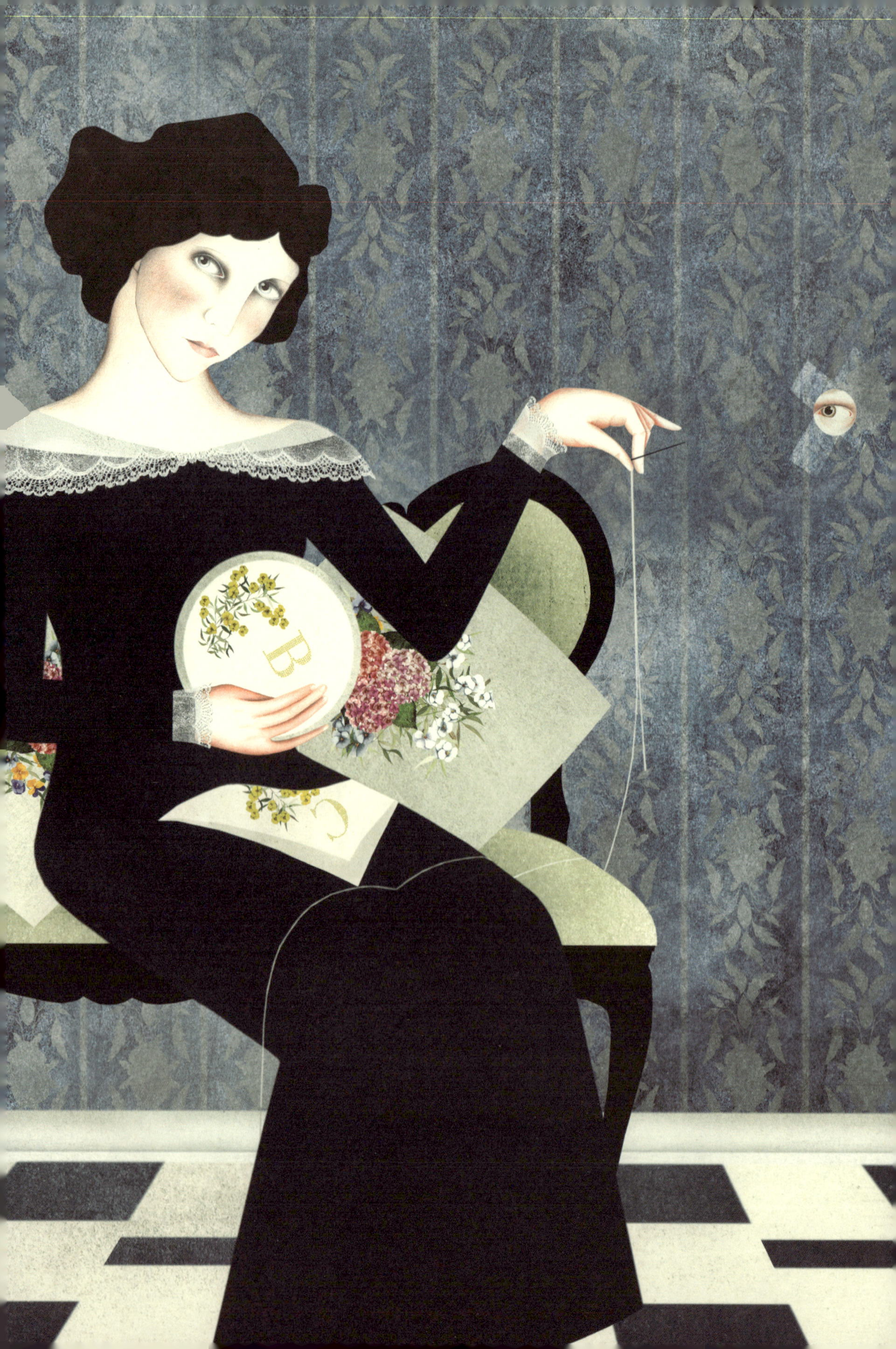

Un final

Unas puntadas más y la letra «B» estaría terminada. María daba pasadas de hilo a la servilleta. Extendió la otra servilleta sobre la cama y comprobó satisfecha que la que estaba bordando en ese momento tenía la misma calidad y apenas se notaba el cambio de hilo, de un blanco nacarado a otro más mate. Oyó unos pasos en el piso de arriba, los sollozos de aquel hombre habían cesado, habría venido a vaciar el ático, pensó María. Siguió con sus puntadas y al rato sintió unos pasos firmes en la escalera, luego en el descansillo. Unos zapatos se frotaron enérgicamente en el felpudo y la puerta contigua se abrió y volvió a cerrarse. La bordadora posó el bastidor en la cama y se recolocó el pelo frente al espejo. Se acercó a la pared y de un tirón arrancó la cinta que tapaba el agujero. Regresó a su silla y empezó a canturrear mientras seguía bordando la letra, con una leve sonrisa en los labios.

Agradecimientos

A Covadonga D'Lom, hada madrina de este libro, buscadora de trufas, desactivadora de minas y Pepito Grillo de esta autora; a Silvia Querini, por animarme y confiar en mí cuando sólo tenía ocho folios en las manos; a Víctor Fernández, por estar siempre a la escucha, por llamarme «pupas» cuando es menester, por ofrecer el omóplato si es necesario; a Xisca Mas, por su *savoir faire* y por su dejarme ser; a Ana Himes, por ser la mejor musa para la Musa y prestarle toda la fuerza y expresividad, y a Sara Frost, por fotografiarla para que yo pudiera retratarla; a Natalia Zarco, por sus conjuros; a Beatriz Barahona y Francisco Domínguez, por su valiosa información sobre carboneras, escaleras de servicio y alazanes; a Rosa, mi madre, y Marta, mi hermana, por brindar conmigo por este libro, y por último, pero no menos importante, a Iñigo, Irene, Cristina e Izaskun, por regalarme su tiempo para que yo pudiera disponer del mío.

3 1237 00342 3952